Dimitri Verhulst

Die Unerwünschten

Dimitri Verhulst

Die Unerwünschten

Zwei Geschichten nach wahren Begebenheiten

Aus dem Niederländischen
von Rainer Kersten

Luchterhand

Requiem für eine Fotze

Immer und überall kamst du zu deinen Verabredungen zu früh, niemals pünktlich, immer zu früh, doch zu Giannas Beerdigung kamst du zu spät.

Du weißt nicht genau, was die Ursache für diesen unangenehmen inneren Zwang war, immer zu zeitig erscheinen zu müssen, beispielsweise zu Partys – den wenigen, zu denen man dich einlud, aber trotzdem –, wenn die Küchenfeen vom Dienst sich noch mit der Torte abmühten oder dem Tischdecken und das Bad sich in ein Krisengebiet verwandelt hatte, in dem Mütter und Töchter sich erbitterte Kämpfe um Spiegel und Kämme lieferten.

Und so saßest du dann, einen Blumentopf oder irgendein anderes phantasieloses Geschenk auf dem Schoß, voller Schuldgefühl in einem leeren Wohnzimmer, getröstet nur von der Mitteilung »Wir sind noch nicht fertig, aber das macht nichts, pflanz dich irgendwohin, ich zieh mir nur schnell was anderes an«, und versprachst dir hoch und heilig, nie, aber auch wirklich nie mehr irgendwo zu früh aufzutauchen.

Dicke Frostbeulen hast du dir schon geholt, und pitschnass bist du natürlich geworden, während du auf Leute wartetest, die erst eine halbe Stunde später an eurem verabredeten Treffpunkt zu erscheinen hatten.

Es gibt die Verben »haben« und »sein«, ohne die sich – in mitteleuropäischen Sprachen zumindest – das Leben nicht erzählen lässt. Doch ohne das Verb »warten« kamst du ebenso wenig aus. Kinder- und Jugendpsychologen haben bestimmt eine Erklärung dafür, der typische Reflex eines Jungen, der immer wieder verlassen und so weiter, und vielleicht haben sie sogar einen wissenschaftlichen Ausdruck dafür, nach einer berühmten, ebenfalls alleingelassenen literarischen Figur, möglichst der Jugendliteratur, etwa den »Rémi-Komplex« oder das »Oliver-Twist-Syndrom«, warum auch nicht. Jedenfalls bist du felsenfest davon überzeugt, dass du dir ein paar gute Jobchancen selber vermasselt hast, indem du über vierzig Minuten zu früh zum Bewerbungsgespräch erschienst, und dass du einen besseren Eindruck auf deine erhofften künftigen Chefs oder deine Sachbearbeiter gemacht hättest, wenn du einfach *zu spät* gekommen wärst. Mit deinem frühen Erscheinen gingst du ihnen auf die Nerven, du machtest ihnen unnötig Umstände, weil sie sich plötzlich moralisch verpflichtet fühlten, irgendein Wartezimmer für dich zu suchen und dir eine Tasse Automatenkaffee anzubieten. Wer zu spät kommt, hat wenigstens noch das Vergnügen, sich eine originelle Geschichte zur Entschuldigung zusammenfabulieren zu dürfen; für Zufrühkommen gibt es schlichtweg keine Ausreden, außer absolut lächerliche.

Interessanterweise hast du diese Marotte im späteren Leben mehr als hinreichend gebüßt, indem du an Frauen gerietest, die nie rechtzeitig mit irgendwas fertig wurden und dich noch zur Farbe ihres Nagellacks konsultierten, wenn ihr eigentlich schon längst im Auto hättet sitzen sollen.

»Soll ich lieber die Hose anziehen oder den Rock?« Du sagtest Hose. Da sie aber schon eine Hose trug, dachte sie, deine Antwort beruhe mehr auf mangelndem beziehungsmäßigem Eifer als auf ästhetischen Erwägungen, worauf die ganze Montur nochmals gewechselt wurde und du zu einer Parade von Röcken dein Urteil abgeben musstest.

Zu Giannas Beerdigung aber kamst du also zu spät, und du hattest nicht die geringste Erklärung dafür. Den Weg zur Kirche von Geylemaarte kanntest du im Schlaf, du wusstest genau, wie lange du mit dem Rad bis dorthin brauchtest, vierundzwanzig Minuten, zwanzig, wenn du bereit warst, beim Fahren ins Schwitzen zu kommen, eine halbe Stunde allerhöchstens, wenn der Herbstwind seinen Geltungsdrang zu deinen Ungunsten bewies. Doch es war überhaupt nicht im Herbst. Ein warmer, sonniger, windstiller und herrlicher Junitag war es. Ideal, um Gustav Mahlers *Nun will die Sonn' so hell aufgehn* zu spielen oder, noch naheliegender vielleicht, Schubert, *Der Tod und das Mädchen,* den langsamen Satz. Was sie natürlich nicht tun würden, Anstaltskinder werden nicht zu den Klängen von Schubert oder Mahler in ihr letztes Kerkerloch geleitet.

Unentschlossenheit über die zu tragende Kleidung konntest du jedenfalls nicht als Entschuldigung anführen, aus dem einfachen Grund, weil du keine große Garderobe besaßest. Das machte es einfach. Und die Sachen, die du hattest und die dir für eine Beerdigung geeignet erschienen, hattest du vorsichtshalber schon tags zuvor auf einem Stuhl bereitgelegt. *Dem* Stuhl, solltest du vielleicht sagen, denn du hattest nur einen. Wenn Besuch kam, musste der auf dem Bett sitzen, was eine Intimität erzeugte, die dir manchmal gut zupasskam, in anderen Fällen überhaupt nicht. Aber okay, deine Kleidung also. Schwarz natürlich. Diese Tradition war zu dem Zeitpunkt schon stark im Aussterben begriffen, du jedoch hieltest an den düsteren Farben der Trauer fest, seltsamerweise, wo du doch sonst so gern gegen alles Mögliche rebelliertest, was die Gesellschaft als unumstößliches Kulturgut betrachtet. Deine Schuhe ließen sich eventuell mit einem Fragezeichen versehen. Ordinäre Turnschuhe. Doch immerhin schwarz. Außerdem warst du entschuldigt, weil du aufgrund eines Unfalls vor kurzem vorübergehend ein orthopädischer Krüppel geworden warst und an den Füßen kaum etwas anderes ertrugst als Sporttreter.

Das Prunkstück war natürlich dein Wintermantel: lang, rabenschwarz, secondhand und eigentlich auch zwei Nummern zu groß. Viel zu warm für einen Tag im Juni, doch genau das drückte deine Trauer perfekt aus. Fandest du. Findest du wahrscheinlich noch immer. So sehr liebtest du diesen Mantel, dass du dir vornahmst, ihn zu allen Bestattungszeremonien zu tragen, die dir zweifellos noch bevorstanden, wenn die Statistik der durchschnittlichen Lebenserwartung auch auf dich zutraf. Selbst zu deiner eigenen Beerdigung wolltest du in ihn gehüllt werden. Weiß der Geier, wo dieser Mantel hingekommen ist. Vielleicht ist er dort, wo sich inzwischen auch Gianna befindet.

Nicht nur Gianna zu Ehren wolltest du dich anständig kleiden, so viel Einsicht in die eigenen Beweggründe hattest du schon. Seit du einige Monate zuvor die Jugendeinrichtung verlassen hattest, war es das erste Mal, dass du deinen alten Erziehern und Mitzöglingen wiederbegegnen solltest, und du wolltest Eindruck auf sie machen. Zeigen, dass du das Leben als Erwachsener im Griff hattest. Wenn nach der Trauerfeier auf der Straße noch ein wenig geplaudert würde, zunächst verschämt noch, in gedämpftem Ton, allmählich jedoch immer lauter, wie auf Beerdigungen üblich, würden die Erzieher garantiert auf dich zukommen: »Na, sieh einer an – die Nase! Wie geht's dir, mein Junge?«, und dann wolltest du sie natürlich davon überzeugen, dass sie ihre Aufgabe als Erzieher an dir erfolgreich erfüllt hätten. Alles in Ordnung, vielen Dank. Du hättest ein Zimmer, klein, aber komfortabel, und bezahltest die Miete ganz von eigenem Geld. Du brauchtest ja nicht zu erwähnen, dass das Zimmer keine Toilette besaß, dass du ins Waschbecken pinkeltest und über alten Zeitungen gehockt kacktest. (Die Option eines Katzenklos hattest du ernsthaft erwogen, doch irgendwo musste man mit dem Selbstrespekt ja anfangen.) Ein Dach überm Kopf hattest du, das war das Wichtigste. Du konntest ihnen mitteilen, dass du eine Stelle hattest, ungelogen, erschreckend schlecht bezahlt, nebenbei bemerkt, Nachtschichten bei einem Hersteller von Kunststoffen, Firma Stevens.

Du warst der einzige Arbeiter mit mitteleuropäischem Äußerem, schlepptest Säcke, Polyethylengranulat, eigentlich Arbeit für kräftigere Männer, doch du hattest den Chef davon überzeugen können, dass du im Leben schon wildere Wasser durchschwommen hättest und deinem Rücken die Schufterei zumuten könntest, auch wenn dein verzerrtes Gesicht beim Schleppen verriet, dass kein Hafenarbeiter an dir verloren gegangen war, und deine marokkanischen Kollegen sich über deinen noch recht jungenhaften Körperbau amüsierten. Doch mit solchen Details brauchtest du deine ehemaligen Erzieher nicht zu beunruhigen, und du würdest ihnen erzählen, dass die Arbeit ganz okay wäre. Kein Traumjob, dazu kannten sie dich zu gut, aber du könntest ihnen weismachen, dass du nach all den Stunden in der Fabrik sogar noch Energie hättest, zu studieren, an der Universität, jawohl, Kunstgeschichte, wie du's immer angekündigt hattest, du, das Modell-Heimkind, das tatsächlich Bücher las, und dass die Kombination von Fabrikarbeit und Studium viel besser funktionierte, als viele dir vorhergesagt hätten. Und wenn du dann noch hinzufügtest, dass es dir eigentlich sogar Spaß machte, zwischen deinen Heldentaten an der Uni dein Hirn bei ein wenig leichter, körperlicher Arbeit zu entspannen, klänge es sogar *noch* überzeugender. Mit etwas Glück würden die stets positiv eingestellten Erzieher das Gespräch freundlich beenden und sagen, sie hätten sich riesig gefreut, dich wiederzusehen und festzustellen, dass bei dir alles nach Wunsch gehe und du sogar gut aussähest. Dann brauchtest du nicht davon zu sprechen, wie schwer es dir fiel, schmackhaft und gesund zu kochen, und dass deine Nahrungspyramide auf einem stabilen Fundament von Haferflocken, Chips, Kaffee und Tabak ruhte. Du *konntest* kochen. Für einen Küchen-Autodidakten sogar überraschend gut. Doch Einsamkeit war ein schlechter Appetitanreger, und das würde immer so bleiben.

Die Nase … Der Vorteil von deinem Spitznamen war, dass du nie jemandem zu erklären brauchtest, wie du zu dem Namen gekommen warst.

Wenn du dir allerdings richtig Mühe hättest geben wollen, gut, das heißt ordentlich auszusehen, hättest du vielleicht besser doch erst einen Friseur aufgesucht. Deine Frisur, soweit man das Gewusel auf deinem Kopf noch eine Frisur nennen konnte, erinnerte eher an einen der damals gerade in Mode kommenden Wildgärten, wo jedes Eingreifen in die Natur als ein Verbrechen betrachtet wurde. Schon immer trugst du dein Haar lang. Es stand dir nicht, aber kurzes stand dir noch schlechter. Darum also.

Doch jetzt ließen sich leicht ein paar Teppiche weben aus dem, was dir da auf dem Schädel herumwucherte, und das war eine neue Qualität. Natürlich wuschst du dir die Haare noch, zweimal die Woche, über dem – sagen wir mal – multifunktionalen Waschbecken, trotzdem wirkten sie ständig fürchterlich fettig, weil du diesen Urwald mit keinem Kamm mehr gebändigt bekamst und Bryl-Friseurcreme das einzige Schmiermittel war, mit dem du deine Kopfplantage noch einigermaßen in Form bringen konntest. Ohne Frisiercreme, du musstest es leider zugeben, erschienst du den Mitmenschen wie eine Ausgabe von Einstein und Beethoven im Quadrat. Soweit es die Frisur betraf jedenfalls.

Ohne nun sagen zu wollen, dass du beim Lachen strahlende Beißer entblößtest, gingst du lieber zum Zahnarzt als zum Friseur. – Nein, das ist gelogen: Du verabscheutest Zahnärzte und lagst steif wie ein Brett in der odontologischen Folterkammer, während ein diplomierter Henker mit seinem Drillbohrer in deinem Mund wiederherzustellen versuchte, was Nikotin und Koffein dort ruiniert hatten. Aber beim Zahnarzt brauchtest du wenigstens keine Gespräche zu führen, während du beim Friseur in Konversationen mit ondulierten Klatschtanten hineingezogen wurdest. Um die Kosten zu drücken, ließest du dir die Haare nie waschen, einfaches Leitungswasser genügte, zerstäubt mit einem Ding, mit dem man sonst Topfpflanzen besprühte, und sicherheitshalber lehntest du den dir freundlich angebotenen Kaffee ab, den man dir zweifellos auf die Rechnung setzen würde, und den Föhn brauchten sie für dich auch nicht aus der Halterung zu holen.

»Aber wenn Sie mit so feuchten Haaren in die Kälte laufen, holen Sie sich garantiert eine Erkältung.«

Oder: »Wie ich sehe, haben Sie eine Neigung zu Schuppen, darf ich Sie fragen, welches Shampoo Sie benutzen?«

Nein, durfte er nicht! Außerdem: Man hatte eine Neigung zu Sprachen und *litt unter* Schuppen. Wenn du schriebst, rieselte auf deine Worte bisweilen eine undurchdringliche Schicht Schnee.

Ob sie dir Gel ins Haar tun dürften? Nein! Zu Hause hattest du noch einen ganzen Pott Bryl-Frisiercreme.

Und plötzlich die Erinnerung: Die Letzte, die dir die Haare geschnitten hatte, war Gianna gewesen! Weil das Schicksal vieler Heimmädchen der Frisiersalon war. Für ihre Schulerzeugnisse interessierte sich niemand, Schulterklopfen nach guten Leistungen blieb aus. Ob sie fleißig lernten, ihre Hausaufgaben machten oder nicht, war allen egal. Bis auf ein paar mysteriöse Ausnahmen, von denen du eine warst, purzelten Heimkinder auf der Bildungsleiter ständig nach unten, jedes Jahr eine Stufe, und sorgten bei der vereinten Sozialarbeiterschaft für einen Stoßseufzer, wenn sie schließlich, einen Berufsabschluss in der Tasche, ins wahre, selbständige Leben sprangen. Die Jungs als Elektriker oder Metallbauer; die Mädchen als Schneiderin oder Friseuse.

… Gianna in der Küche, die tagsüber ständig nach Zwiebeln und gebratenen Schweinekoteletts roch, trotz der hohen Decke, und in der abends die Jugendlichen, auch du, um den großen, klebrigen Tisch zusammenhockten und qualmten, bis es nicht mehr nach Zwiebeln und Schweinekoteletts roch. Die Küche mit den riesigen dunkelgrünen Schränken, in deren unteren Fächern die Eimer mit billiger Schokocreme für das lärmende Frühstück und eine Etage höher das bei hundert Flohmarktbesuchen zusammengestoppelte Essgeschirr standen. Die Küche mit der Gefriertruhe, auf der einer von euch die Putzfrau, Beine gespreizt, seliges Lächeln auf den Lippen, erwischt haben wollte, zusammen mit Erzieher Guy, der bei dieser Gelegenheit einen großen Weinfleck auf der linken Pobacke offenbarte. Die Küche mit den knarrenden Stühlen, gestiftet von Familien, die ihren Dachboden oder die Wohnung eines verstorbenen Elternteils ausgeräumt hatten. Du selbst auf so einem Stuhl, Gianna hatte dir die Haare gewaschen, mit ihrem eigenen, nach Himbeer riechenden Shampoo, glücklich, weil wenigstens einer im Heim tapfer – oder meschugge – genug war, sich einer ungeschickten Friseurgehilfin im ersten Lehrjahr als Studienobjekt anzuvertrauen. An deinem Haar durfte sie Schnitttechniken ausprobieren, so viel sie nur wollte.

Ihre leicht massierenden Finger auf deiner Kopfhaut, wenn sie den Schaum abspülte. Das kalte Metall der Schere an deinen Ohren, ihre Vorsicht, dich nur ja nicht in einen zweiten van Gogh zu verwandeln. Die verstohlenen Berührungen, wenn sie dir gewissenhaft die Flaumhärchen im Nacken rasierte. Die Stille, die unbezahlbare Stille, die bei alldem zwischen euch herrschte.

Schön wäre es, nach ihr nie mehr zum Friseur gehen zu müssen. Die Länge deines Haars als Maß für die Größe deines Verlusts.

Auf dem Platz vor der Kirche war keine Menschenseele zu sehen. Keine kreuz und quer geparkten Autos, keine – fast möchte man sagen: fröhliche – Betriebsamkeit, wie man sie bei der Beerdigung eines Teenagers erwarten durfte. Hattest du auch alles richtig verstanden, als Wim dich vor drei Tagen aus dem Bett klingelte und verkündete, Gianna sei auf schreckliche Weise ums Leben gekommen? »Gianna, du weißt schon, die aus dem zweiten Stock, die mit Britney und Belle auf dem gleichen Zimmer war.« Um nicht sagen zu müssen: »Gianna, du weißt schon, das schweigsame Chick, an das niemand rankam, mit diesen kleinen, festen Titten, von denen wir alle und so weiter und so weiter.« Hatte er tatsächlich gesagt, die Beerdigung sei in Geylemaarte, oder hattest du das einfach nur angenommen, weil das Erziehungsheim nun mal in diesem Dorf lag?

Auch auf die Gefahr hin, sarkastisch zu wirken, aber beim Anblick des Leichenwagens vor der Kirche warst du erleichtert. Ein stattlicher Schlitten, Mercedes, bestimmt das schönste Auto, in dem Gianna jemals befördert worden war. Sie selbst hätte es vermutlich wenig geschert, womit man ihren Sarg zum Friedhof transportierte. Ein Mistkarren wäre von ihr aus auch in Ordnung gewesen und vielleicht sogar stimmiger. Du konntest dich jedenfalls nicht erinnern, dass sie je eine Leidenschaft für Autos an den Tag gelegt hätte. Der Einzige, der Poster von blitzenden Sportvehikeln über dem Bett hängen hatte, war Karel, Zimmer 3, zweiter Stock, aber der war ein Junge und hatte das passende Alter, seinen Mangel an Liebe mit der Anbetung von Karosserien zu kompensieren. Damit machte er es den Psychologen recht einfach: Sein Erzeuger, der ihn nicht mehr sehen, hören oder riechen wollte, war nämlich Besitzer einer Autowerkstatt! Mädchen schmückten ihre Zimmer – klassisch – mit Popstars und Models aus alten Illustrierten und Modezeitschriften und mit Pferden. Solange ihre Altersgenossen des anderen Geschlechts Träger eines kleinen, verschrumpelten Kinderpimmels waren, schwärmten Mädchen für Pferde. Über Giannas Bett dagegen hing: nichts! Sosehr man sie auch drängte, sich häuslich einzurichten und ihre Identität in der Dekoration ihrer paar Quadratmeter Zimmer zum Ausdruck zu bringen, nie zeigten die Wände um ihr Bett irgendetwas anderes als nackte Tapete. Die Tapete, die du Jahre später noch immer im Schlaf zeichnen konntest, bis in die kleinsten Details: ein grün-braun-weißes, geometrisches Muster, hauptsächlich Quadrate, und nicht abwaschbar, wie sich herausstellen sollte, als Daniel einmal dagegengepisst hatte; seine letzte Handlung, bevor er in eine psychiatrische Einrichtung abtransportiert wurde.

Es war stillos, mit dem Fahrrad zu einer Beerdigung zu kommen, darüber warst du mit dir einer Meinung. Aber du warst zu faul gewesen, die Abfahrtszeiten der Busse zu studieren, hattest außerdem dein Vertrauen in die Pünktlichkeit der öffentlichen Verkehrsmittel verloren und versuchtest natürlich zu sparen, wo immer es ging. Und so zeigte deine Hose jetzt hässliche Spuren einer Fahrradkette, eine Hose, die zwar zum Glück schwarz war, was den Fleck einigermaßen camouflierte, aber trotzdem. Trotzdem.

Ein Fahrradschloss hattest du vergessen. Nicht schlimm, schließlich hattest du das Fahrrad selber gestohlen, nicht wahr? Ein blaues Damenrad namens Magritte, weil du schon damals die poetische Gewohnheit deines Vaters übernommen hattest, deinen Fahrrädern, auch den gestohlenen, Namen zu geben.

Dann also rein in die Kirche, so leise wie möglich, was dir auch gelang.

Du bist dir nicht sicher, ob du dich, wärst du pünktlich gewesen, auch in die letzte Reihe gesetzt hättest, doch es fühlte sich goldrichtig an. Dort und nirgendwo sonst musstest du sitzen, allein. Zwischen dir und den anderen mindestens achtundzwanzig Reihen gähnender Leere. Die Kirche nicht mal zu einem Prozent gefüllt, die zu erwartende Besucherdichte eines einsamen Leichenbegängnisses. Und so hallte die Stimme des Pfarrers noch mehr, als sie es in einem randvollen Gotteshaus schon getan hätte. Dass ihr in eurem Schmerzerz und Verlusttt Jesuss

Christuss um Hilfefe anflehtetet. Dass ihr darum betetet, Gott möge der Verschiedenenen wie euch allennn seine Barmherzigkeiteit und Vergebung zuteilwerden lassennn.

In dieser Stunde müsstet ihr euch an sein Wort klammern, hörtest du, den automatischen Anrufbeantworter des Glaubens, denn mitten im Leben begegnetet ihr immer wieder dem Tod. Immer wieder müsstet ihr erfahren, dass er gibt und auch nimmt. Den Mut müsstet ihr finden, euer Leben in seine Hände zu legen, euch ihm anzuvertrauen, zusammen mit Gianna, die euch vorangegangen sei.

Du dachtest, und vielleicht nicht als Einziger: Wenn irgendjemand den Mut gehabt hatte, sein Leben in Gottes Hände zu legen, dann war es Gianna.

(»Lasset uns beten. Wir bitten dich, Herr: Erhöre uns!«)

Nein, so wieder der Pfarrer, ihr könntet nicht glauben, dass Giannas Leben vergebens gewesen und alles, was sie den Menschen einmal bedeutet hatte, verloren sein sollte. (Bei dieser Litanei befühltest du kurz dein Haar; obwohl du deine Hand genauso gut irgendwo anders hättest hinlegen können.)

Dann sang er. Kyrie eleison, Christe eleison. Eigentlich hätte die ganze Gemeinde, warum nicht die ganze Welt, mitsingen sollen. Doch das Publikum des Pfarrers hielt die Lippen fest aufeinandergepresst, und er musste das Lied allein herunterleiern, zu seinem sichtlichen Missvergnügen. Zugleich drängte sich der Verdacht auf, dass Gesangsunterricht nicht zu seiner Priesterausbildung gehört hatte.

»Gedenken wir Giannas …«

Die prätentiöse Selbstgewissheit, mit der er behauptete, ihr könntet nicht glauben, dass Giannas Leben vergebens gewesen sei! Als hätte sie irgendwem auch nur die Bohne bedeutet. Du brauchtest nur einen kurzen Blick auf die Zahl der Anwesenden zu werfen, und du wusstest genug. Ein paar Zöglinge der Anstalt, Erzieher und ein dir unbekannter Mann im feierlichen Anzug, der sich kurz darauf als Direktor ihrer Berufsschule vorstellte. Sonst war niemand gekommen. Keine Verwandten. Keine Eltern. Niemand. Und wenn ihr, sowohl du als auch die anderen Anwesenden, zu dem Sarg dort vorm Altar blicktet, musstet ihr zugeben, dass Giannas Beerdigung sich vermutlich kaum von der unterschied, die einmal auch euch bevorstand. Egal, wer von euch dort in der Kiste vor sich hin gärte, der Kollektenteller bliebe stets leer.

Gedenken wir Giannas …

Gedenkt doch erst mal der Sonntage, wenn der Herr Pfarrer nichts dagegen hat …

… Vielleicht kam dann eine von euren missratenen Müttern, um fünf Minuten lang Mutter zu spielen, weil Sonntag und daher Besuchstag war. Sie meldete sich an, sagte dem Erzieher vom Dienst mit der Lässigkeit einer glücklichen Frau guten Tag und redete, wie ihrer Meinung nach Selbstsichere reden: freundlich-entschieden, ohne zu stocken, weder leise noch laut. Schade nur, dass der Geruch aus ihrem Mund sie verriet. Der Geruch der einen Zigarette, gedreht mit mechanischer Hilfe, einem sogenannten Hülsenstopfer, weil sie auch nach Jahren frenetischen Paffens ihren an rotes Schamhaar erinnernden Tabak aus dem Hungerleiderdiscounter noch immer nicht selbst drehen konnte … die eine Zigarette musste wirklich noch sein, bevor sie mutig ins Kinderheim stapfte. Entweder Rauchen oder ihre Lieblingsleckerei zur Beruhigung, Alprazolam.

»Guten Tag, ich möchte zu …«

Der Erzieher wusste schon längst, wen dieses von Salven des Unglücks sturmreif geschossene Luder mit ihrem Besuch beehren wollte. Doch das Personal hatte die Würde der Mütter zu wahren, auch der missratenen, vor allem der missratenen, und so wartete er, bis aus dem Mundgeruch ein Name kondensierte. Was folgte, war tatsächlich ein Name, ein einziges Wort nur, das durchs riesige Treppenhaus hallte.

Eure Namen dienten ausschließlich zum Rufen oder zum Anblaffen. Erst von wütenden Vätern und/oder ihren Vertretern nebst hysterischen Müttern, die sich an dem Wesen zu rächen versuchten, das sie mit Händen und Füßen und einer Lohntüte an eine unglückliche Liebe fesselte. Später von Lehrern, frustriert, weil eine verkorkste Jugend nahezu zwangsläufig zu nervigen Charakteren führt, die den Fortschritt des Mathematikunterrichts empfindlich stören. Später dann von Erziehern, im Treppenhaus, wenn es einer dieser Erzeugerinnen gefiel, ihre Mutterrolle für ein paar Stunden tatsächlich einzufordern.

»Komm runter! Deine Mama ist da!«

Kanntet ihr ein lächerlicheres Wort als »Mama«?

Alles war euch recht: Mutter, Mater, Mudder, Ma, Alte, Hure, Mère. Mit irgendwas musste man einen Menschen ja anreden. Notfalls mit dem nackten Nachnamen. Aber »Mama« ging einfach zu weit.

Der einzige Weg, die Schlampen für ihre erbärmliche Mutterschaft büßen zu lassen, war, nicht sofort wie ein kleiner Kläffer aus dem Zimmer zu springen, unter Gefahr des eigenen Lebens die Treppe hinunterzurennen und in ihre unfähigen Arme zu fliegen, wo euer Appetit auf Mutterliebe ohnehin gleich von ihrem Achselgeruch erstickt wurde. Nein, besser, sie mussten jetzt mal auf euch warten und ihre Überflüssigkeit dabei voll und ganz spüren. Sollten sie sich erst einmal umsehen, das Spielzeug auf dem Boden betrachten, die abgerissenen Puppenköpfe, mit denen die Kleinsten Szenen aus ihrer bereits sehr bewegten Vergangenheit nachspielten, das schlaff gespannte Netz des Pingpongtischs mit den eingedellten Bällen drum herum, den Billardstock ohne Leder. Sollten sie doch – während durch Millionen Zimmertüren das Geplärr von ebenso vielen lausigen Aufnahmen aus rosa Kassettenrekordern made in Taiwan tönte – die Düfte einatmen, die nun mal zu Räumen, in denen mit Windeln hantiert wird, gehören. Sollten sie die Wartezeit auf einem der beiden Klos absitzen. Da konnten sie gleich den majestätischen Haufen begutachten, den ein Vorgänger aus Faulheit einfach nicht weggespült hatte (ein Haufen, an dem geübte Nahrungsphysiologen eine strenge Diät von Schweinefleisch hätten ablesen können), die mit Spritzern verschönerten Klobrillen und die Rollen Toilettenpapier, die auf dem Boden in Urinlachen lagen. Erst wenn ein Erzieher euren Namen zum zweiten Mal geschrien hatte, dann, und keinen Moment früher, kamt ihr die Treppe herunter. Allerdings langsam. Eher widerwillig. Wie es auch Altersgenossen in Familien mit Goldrand zweifellos taten.

Nur allzu froh waren eure Mütter, dass der Tisch im Gemeinschaftsraum mit einem Wachstuch bedeckt war; so hatten ihre Finger etwas zu spielen, und sie brauchten nicht vor aller Augen an den Nägeln zu kauen. Sie taten, als betrachteten sie fasziniert die Inneneinrichtung, lachten unerwünschten Kindern von anderen zu, die jeden Besucher ausgiebig anstarrten, seufzten und fragten dann, man sollte fast meinen, interessiert:

»Wie geht's?«

Na ja, wie sollte es schon gehen? Wie war es, die Dusche mit heranwachsenden Burschen zu teilen, die den Quadratmeter Privatsphäre ausnutzten, sich mit Hochdruck einen runterzuholen? Wie war es, wenn man niemandem vertrauen konnte und der seltene Luxus einer Flasche Aftershave einem schon nach drei Tagen wieder geklaut wurde?

Euren Müttern jedoch sagtet ihr: »Gut!« Weil die Antwort am einfachsten war. Und weil sie gar nicht vorhatten, gegen das, weswegen ihr euch schlecht fühltet, etwas zu unternehmen. Gut also. Jawohl. Euch ging es gut. Supergut.

»Na, das ist gut, dass es dir gutgeht.«

Und bereits jetzt bedauerten sie, keinen Zettel mit Fragen vorbereitet zu haben.

Wenn ihr selbst schon nicht danach fragtet, hätte die Mutter euch ja von sich aus etwas von ihren Fährnissen erzählen können: dass sie die Alprazolam reduziert hatte, nur noch eine vertretbare Dosis pro Tag, dass sie vergangene Woche vergebens vierzig Bewerbungen geschrieben hatte und trotzdem fest daran glaubte, dass heute oder morgen ein Job angeweht käme. Dass sie eine Zeitungsannonce entdeckt hatte, nicht für einen Job, sondern für einen Mann, der weder rauchte noch trank, nicht schlug und nicht stank, und dass sie hoffte, es würde was werden und er wäre bereit, das Junge eines anderen bei sich aufzunehmen und zu lieben wie seins.

Aber sie seufzten einfach nur weiter und betrachteten interessiert die Inneneinrichtung. Bis die heilige Vorsehung ihnen endlich eine zweite Frage eingab.

»Und in der Schule? Da auch alles in Ordnung?«

»In der Schule auch alles in Ordnung, ja.«

»Das ist gut, dass da alles in Ordnung ist.«

Zu guter Letzt fragte der Obererzieher, ob die Mutter zum Abendessen dableiben wolle. Schließlich war Sonntag, und da verlieh der Bäcker aus der Straße sich selbst einen Orden für soziales Gewissen und schenkte seine unverkaufte Wochenendware den benachteiligten Kindern, der gute Christenmensch. Mit ein bisschen Glück waren im Korb des Wohltäters sogar richtige helle Brötchen. Oder Sandwiches. Oder, lobt Gott für seine guten Gaben, gefüllte Schnecken, zwei Tage alt bloß, mit nur leicht angesäuerter Vanillecreme und Rosinen wie Alterswarzen. So dass die Kleinsten sich mit Schmollmund und gequengeltem Singsang erkenntlich zeigen konnten: »Rosinen ess ich nicht!« Sechs Silben, der Schluss eines berühmten Kinderverses, oder doch fast. Herrlich.

Teildefinition eines Erziehungsheims: Mülleimer, der freundlich »danke« quakt, egal, was man in ihn hineingepackt.

Ihr machtet euch schon auf etwas gefasst, wenn ein leiser Wind von den Azoren ein sonniges Wochenende ankündigte. Dann konnten Hausfrauen, einem weiblichen Urinstinkt folgend, nicht widerstehen, Fenster zu putzen und Schränke auszumisten. Vor allem Letzteres. Und der begüterte Zeitgenosse nahm den Kampf mit seinem Überfluss auf.

Ein Sack Kleidung nach dem anderen wurde vor dem Heim abgeworfen. (»Hier und da ein bisschen zerschlissen oder ein Loch, das gestopft werden müsste, aber sonst noch prima in Ordnung, und ich schenk es lieber den vernachlässigten Würmern hier, als dass ich die Sachen im Garten verbrenne.« Oder: »Bei uns in der Gegend ist regelmäßig Lumpen- und Altkleidersammlung für Bedürftige in Afrika. Aber was sollen sie da mit so warmen Pullovern, hundert Prozent Merino. Nein, dann geb ich's lieber den armen Schluckern bei uns!«)

Möbel, Matratzen, Vasen, verrostete Fahrräder … alles, was sich nicht einfach im Abfalleimer entsorgen ließ, fand seinen Weg ins Heim. (»Früher oder später müssen die Kinder hinaus in die Welt, ins Leben, und dabei haben sie nicht die geringste Grundausstattung, kein Startkapital von Papa und Mama. Also sag ich zu meinem Mann: Weißt du was, Ronny, bringen wir den Bettkasten von deiner toten Mutter doch bei den Jungs und Mädels im Haus Sonnenkind vorbei …«)

Und was sagtet ihr zu der Frau, die die gesamten in der Wäsche eingelaufenen Klamotten ihres fremdgehenden Mannes vor eurer Tür deponiert hatte? Na? Was sagtet ihr da? Bitte alle zugleich und schön schleimig im Chor: »Vielen Dank, gnädige Frau!« Das sagtet ihr. Vielen Dank! Denn selig sind, die die

Nackten kleiden und die Unterernährten speisen. Und eingefettet fürs Fegefeuer die Verstockten, die undankbar sind.

Stolz hatte die Mutter dazu bewogen zu tun, als habe sie das Angebot des Heimleiters nicht gehört. Und darum wiederholte er seine Einladung. Ob sie die Beine zum Essen nicht unter eurem Tisch ausstrecken wolle, es sei ja genug da. Aber sie wollte keine Ungelegenheiten bereiten. *Die* Leier. Die Wohnung, in die sie bald zurückkehren musste, war vielleicht einsam und still und feucht, aber im Schrank wartete noch eine ganze Brottüte auf sie. Und von heute Morgen hatte sie noch einen Schluck Kaffee in der Thermoskanne. Zwar nur noch lauwarm, aber das machte ihr nichts aus. Solle nur niemand denken, sie sei hergekommen, um sich im Heim durchzufressen.

Aber okay, ein Scheibchen Brot wolle sie gern mitessen, weil's in Gesellschaft gemütlicher war. Wenn es irgendwie half, die etwas gelockerte Beziehung zu ihrem Kind wieder zu festigen.

Blöde Ziege! Eine Mahlzeit in einem Heim hatte nichts, aber auch gar nichts Gemütliches. Schon allein das Krakeelen, das Geschnatter, das ewig ausbrechende Geheul, sobald nur ein Becher umfiel, das Klirren von Messern und Gabeln auf dem Boden, das Rumpeln von Stühlen, das Brüllen angesichts der schrecklichen Aussicht, ein Käsebrot essen zu müssen, und das Brüllen um des Brüllens willen. Dann lieber eine symphonische Dichtung, gespielt von zehntausenddreißig Dunstabzugshauben.

Aber weil's in Gesellschaft so gemütlich war, wollte die Mutter also noch einen Moment bleiben. Sie wusste zwar immer noch nicht, was sie ihrem Kind sagen sollte, aber genoss es, jetzt nach Tischsitte schweigen zu dürfen, den Mund voller Wurst.

Die Zeit war niemandes Freund, außer in diesem Moment just der Mutter. Sie zeigte auf die Uhr (die den ganzen Nachmittag glänzend die Behauptung widerlegt hatte, das Leben gehe vorbei wie im Flug), murmelte etwas von einem Bus, mit dem sie nach Hause müsse und der nur alle zwei Stunden fuhr, und verschwand wieder aus eurem Blickfeld, zurück in ihr eigenes, erbärmliches Leben.

Die letzten Worte, bevor sie ging, jedes Mal: »Und immer schön brav sein!«

Ja, Herr Pfarrer, die Sonntage … gedenkt doch erst einmal derer, wenn vielleicht eine von euren missratenen Müttern vorbeikam, um fünf Minuten lang Mutter zu spielen, weil Sonntag und daher Besuchstag war. Vielleicht. Denn viel wahrscheinlicher war:

Sie kam nicht. Deine nicht. Noch die von Gianna. Noch die von irgendjemand anderem …

»Aus dem Brief an Sapida, nach dem heiligen Augustinus«, hub der Pfarrer an. Intonation: einschläfernd. Wie übrigens in den vorderen Reihen schon zu sehen war, wo die Langeweile voll zuschlug und die Jüngsten sich kleine Streiche ausdachten, um diese Heimsuchung zu überstehen.

Die Worte wehten an dir vorüber. »Das Leben bedeutet, was es immer bedeutet hat. Es bleibt, was es war. Der Faden ist nicht zerschnitten. Warum sollte ich aus deinen Gedanken sein, nur weil ich aus deinen Augen bin? Ich warte auf dich. Ich bin nicht weit weg. Ich stehe auf der anderen Seite des Weges. Siehst du, alles ist gut, wie es ist.«

Alles ist gut, wie es ist?
Leck mich am Arsch, Amen.

Der Anfang von Psalm 23 – »Der Herr ist mein Hirte, mir wird nichts mangeln« – ist eine wahre Zumutung für jeden Menschen. Sowohl textlich als auch musikalisch: ein Dreck. Und während das geistige Oberhaupt der Gemeinde, noch immer einschläfernd allein, seine Stimmbänder geißelte, blitzten dir Erinnerungen an Gianna durchs Hirn. Blitzten?

Wetterleuchteten! Wild durcheinander. Details. Wie sie auf der Schaukel saß etwa. Das Dumme an dieser Schaukel im Garten der Anstalt: Sie stand unter dem Fenster von Mädchenzimmer Numero sieben und wurde benutzt von Jung und Alt. Weil sie da nun mal stand. Ihr wart Verwaiste und Ausgestoßene, ihr musstet selbst dafür sorgen, dass jemand euch wiegte. Auch du standest schon an der Schwelle zum Erwachsenendasein, hattest aber noch immer Spaß daran, unbeschwert, plan- und ziellos, alleslos durch die Luft zu schwingen, unverdrossen, eine Viertelstunde nach der anderen. Doch so schön wie Gianna schaukeltest du nicht. Schöner schaukelte niemand. Und es war noch die Frage, ob im Heim jemals wieder unbeschwert geschaukelt werden konnte, da man genau an dieser Stelle einen Leichensack zugezogen hatte. Ihren Leichensack. Kind Nummer 87L412.

Die erste längere Erinnerung an sie jedoch war banaler: wie ihr an freien Nachmittagen zusammen ins Dreamland Shoppingcenter radeltet. Ein Unort, soll heißen: hässlich selbst für ein Shoppingcenter, ohne jeden verlogenen Flitter, mit dem andere Konsumtempel wenigstens noch zu glänzen versuchen. Ein gigantischer Parkplatz, nach Ladenschluss eine verlassene Asphaltwüste, wo sich die Jugend der

Gegend für die Führerscheinprüfung die Kunst des Kurvens und Parkens beibrachte. Daneben ein monströses Gebäude mit dem üblichen Warenangebot, das offenbar Lust zum Geldausgeben erzeugte. Geld hattet ihr keins, und Einkaufen war auch nicht der Grund, warum ihr so gern dorthin gingt. Gianna und du nebeneinander, auf einer Bank im Atrium, in der Mitte des Centers, umgeben von Kübeln mit exotischen Pflanzen und festgetretenen Kaugummibatzen, vom Duft frischer Waffeln, dem Hirnwäschegesäusel winselnder Panflöten, »El cóndor pasa« ihr erwartbares Lieblingsstück; sie nannte es »klassische Musik«, und ausnahmsweise behieltest du deine arrogante Besserwisserei einmal für dich.

Ihr besuchtet das Shoppingparadies zu euren persönlichen soziologischen Studien; weil es ein Ort war, wo ihr interessiert glückliche Familien beobachten konntet. Männer und Frauen, die sich aufgrund voller Terminkalender am Samstag, dem Heiligen Tag der Ladenkassen, ihren Proviant für die gesamte folgende Woche besorgen mussten. Ihre Kinder durften den Einkaufswagen schieben, das vergiftete Geschenk, das sie naiv in Empfang nahmen, nicht ahnend, dass sie dafür jetzt brav sein mussten und keine Szenen machen durften, wenn die Regale mit Süßigkeiten und Spielzeug in Sicht kamen wie eine moderne Variante der Versuchung im Paradies. Viel öfter als glückliche Konsumenten saht ihr gereizte Menschen: gehetzt, schlecht gelaunt. Komplette Nachkommenschaften, die sich schmollend durch ein Wochenende schleppten, nach dem sie sich schon seit Montag gesehnt hatten, das sich bei näherer Betrachtung aber als reichlich langweilig entpuppte. All diese glücklichen Familien – jawohl, Gianna und du liebten es, sie zu belauern, es half, euch mit eurem Status als Elternlose anzufreunden. Bis ein Mitarbeiter des Wachschutzes aus dem Bedürfnis heraus, sich in seinem Job nützlich zu fühlen, euch unfreundlich aufforderte, zu verduften: Was machtet ihr da auf der Bank, Chaoten ohne Geld und Einkaufszettel? Wolltet ihr etwa klauen? Rumhänger, das wart ihr, der Begriff sollte einige Jahre darauf – leicht variiert – sogar zur sozialpädagogischen Kategorie aufsteigen. Seht, euer Beitrag zu Mütterchen Sprache! Wart ihr doch noch nützlich, so wie fast alles, was da kreucht und fleucht.

Naturgesetz: Nützlich ist, was sich essen lässt.

Giannas Fähigkeit zu schweigen war legendär. Ein Wasser, so still wie die Pfuhle des Todes. Immer schon hast du Menschen bewundert, die die Stille nur wenig mit Worten verschmutzen. Doch als dieses Ekel von Sicherheitsfuzzi noch meinte, sich seiner Uniform würdig erweisen zu müssen, indem er euch als Abschaum apostrophierte und aus dem

Gebäude verwies, konnte sie den Mund nicht mehr halten. Was sie genau sagte, hast du vergessen, und wenn du dir hundertmal das Hirn ausquetschst. Was du aber immer noch weißt, ist die Antwort des Mannes: »Du Fotze!«, rief er. Ein anderes Label für sie fiel ihm nicht ein. Fotze. Nicht mehr und nicht weniger. Myriaden shoppender, glücklicher Familien starrten euch hinterher, als ihr euch trolltet und in den sicheren Kokon der Parias zurückzogt.

Wetterleuchten. Ein Sommerabend, Anfang der Ferien. Das Heim nur mit halber Personalstärke besetzt. Es hätte leerer sein sollen. Das war es auch, aber nur ein wenig. Hier und da wurde ein Kind von einem Elternteil abgeholt oder einer Tante oder einer Gastfamilie, um weiß der Henker wohin zu verreisen. Solange es nur Eis gab, Minigolf, Strand und Wellen, einen Berg, eine Bowlingbahn. Die Vergnügungsorte der Philanthropen, so schön, dass Ansichtskarten davon gemacht wurden. Jugend- und Kinderheim »Sonnenkind« atmete auf, während der Urlaubstage dünner besetzt. Das Spielzimmer wurde sauberer, der Grabhügel dreckiger Unterhosen im Bad kleiner; Lärm gab es immer noch, doch ließen die Worte sich in dem Gekreisch und Geschrei jetzt leichter unterscheiden. Mit ein wenig Glück waren die Zimmergenossen für ein oder zwei Wochen weg, und ein Kind spürte das Vergnügen, die paar Quadratmeter für sich allein zu haben. Die Mahlzeiten verliefen weniger schrill. Zwar brauchten die Erzieher immer noch nicht zu probieren, eine Platte mit leiser Musik aufzulegen, zum Beispiel *The Ultimate Dinner Music Collection, Volume Zwölfhundertx,* in einer idealistischen Anwandlung, den Verstoßenen auch diesen Aspekt des Tafelns einmal nahezubringen, denn so etwas war nach wie vor sinnlos, doch im Vergleich zu sonst waren das entspannende Stunden.

Auf dem grünen Sofa im Aufenthaltsraum saßen diejenigen, die von niemandem abgeholt wurden, nie; es waren immer noch genug. Vor dem Fernseher. Vielleicht wurde eine Tüte Chips aufgerissen, ein besonderes Ereignis als unausgesprochener Tröstungsversuch. Weil ihr weniger Leute wart, konntet ihr euch leichter auf ein Programm einigen. Etwas mit Musik, live, an der Küste, der Schlager hatte sein fürchterliches Revival begonnen und verdarb jetzt sogar schon die Jugend. Aber erst kamen noch die Nachrichten, für die sich natürlich niemand interessierte. Nicht ein Bericht konnte eure Aufmerksamkeit fesseln, außerdem gab es Chips, vielleicht sogar Neppcola, so genau wusstest du das nicht mehr. Bis die Kamera auf einen Schleimklumpen in den Händen eines strahlenden Chirurgen zoomte, in einem

Land, das damals noch Jugoslawien hieß. Da hatte der Bildschirm auf einmal eure volle Aufmerksamkeit. Gesandte der Vereinten Nationen standen lachend und kameragewohnt um das Bett einer Frau, die sich die vergangenen vierzehn Stunden dumm und dusslig gepresst hatte. Während zwischen ihren Beinen wieder zusammengenäht wurde, was dort allzu weit auseinandergerissen worden war, hielt man ihr ein Bukett Blumen und ein Mikrophon vor die Nase. Ob sie glücklich sei? Sie war soeben Mutter von Matej Gaspar geworden, dem fünfmilliardsten Bewohner dieses Planeten, dem fleischgewordenen Symbol der Überbevölkerung. Bravo, bravo, bravissimo.

Gianna sagte: »Das Problem ist nicht, dass es zu viele Menschen auf der Welt gibt. Das Problem sind die vielen Unerwünschten!«

Und du wusstest: Um diesen Satz je zu vergessen, müsstest du Alzheimer bekommen.

Und so sangen wir denn nun Psalm 118: Der Herr ist mit mir, ich fürchte mich nicht.

Und was hörtest du da? Was war das auf einmal? Der Pfarrer sang nicht mehr allein, er hatte Verstärkung bekommen! Die Stimme von Hartwig, des ehemaligen Heimleiters, mischte sich in die melodischen Angelegenheiten! ... Hartwig, guter alter Hartwig, da vorn in der ersten Reihe ... Du mochtest den Kerl. Mit seinem Bart und seinem Bauch wie ein überdimensionaler Gartenzwerg. Vielleicht kein Muster an pädagogischer Expertise, aber so tief verwurzelt im Glauben, dass die Erfüllung seiner religiösen Pflichten ihm ein innerer Zwang war. Ein Mann, in diesem Tränental nur auf Durchreise zum Himmel, der geistig und körperlich litt, wenn er auch nur eine Sekunde lang nicht an andere dachte. Zunächst hatte er geglaubt, diese Berufung mit einer Ausbildung zum Priester erfüllen zu müssen, bis seine Libido gegen das Zölibat rebellierte, er sich verliebte und Vater wurde. Doch einmal Hirte, immer Hirte, und so widmete er sich weiterhin verirrten Schäfchen, indem er Leiter eines Erziehungsheims wurde. Was bedeutete, mit Sack und Pack dort einzuziehen, samt Hausstand und Frau und zweiköpfiger Brut. Natürlich waren seine pädagogischen Qualifikationen gering, aber der soziale Sektor war schon heilfroh, überhaupt jemanden zu finden, der so hirnverbrannt war, seine Tage und Nächte, Wochenenden und Ferien, ja, jede x-beliebige Minute mit den Kindern vom Ramsch zu verbringen. In einem Palais voll laufender Nasen und Läusekämme. Damit war er ein Anker, die kleine Konstante im Leben derer, die sonst so gut wie keine Konstanten kannten, die Väter und Vormünder schon nicht mehr zählen konnten, öfter die Pflegefamilie als die Socken gewechselt hatten. Auch die Erzieher in solch einer Einrichtung waren schließlich keine Konstanten. Die kamen und gingen. Du hast eine Menge von ihnen anfangen sehen, frisch von der Hochschule, überschäumend vor Idealismus, die nach wenigen Monaten den Glauben an ihre Mission schon wieder verloren – in einem Kind könne so viel zerstört sein, dass sich beim besten Willen kein normaler Mensch mehr daraus schnitzen ließ. Oder so. Sie brachen zusammen, ließen sich mit Burnout vom Hausarzt für einige Wochen krankschreiben und sagten der sozialpädagogischen Zunft zu guter Letzt endgültig Lebwohl. Ihr Glück leuchtete anderswo, erkannten sie plötzlich, in einem Haushaltswarenladen zum Beispiel. Was euch anging, völlig in Ordnung. Erzieher waren Passanten in eurem Leben, wenn ihr euch den Namen des einen endlich gemerkt hattet, durftet ihr euch schon wieder den nächsten einprägen. Hartwig jedoch war eine feste Größe: Er las seine Zeitung, machte Einkäufe, schälte Kartoffeln und steckte jeden Abend eine Horde Schreihälse in die Wanne. In seiner Aufgabe, zwanzig krumme Lebensläufe einigermaßen geradezubiegen, war er von vornherein gescheitert, das wusste er selbst. Seine Bedeutung bestand darin, dass es immer derselbe Mann war, der dort am Tischende den Kopf hinter der Zeitung versteckte. So wie es eurer Vermutung nach auch in normalen Familien geschah. Darum hieß euer Heim offiziell auch »familienähnliche Wohngruppe«.

Manche, vor allem die Kleinsten, nannten ihn »Papi«. Du nicht, du konntest, du wolltest das nicht, fandest es albern. Du lehntest es ab, kategorisch, deinen Vater durch irgendwen zu ersetzen. Ein Scheißkerl von Vater vielleicht, sonst landete man ja nicht in einem Heim, aber du weigertest dich, einen anderen anzuerkennen. Gianna juckte das nicht, ihr war alle Terminologie Schall und Rauch, vielleicht hatte sie besser als du schon erkannt, dass das Wort »Vater« an sich nichts bedeutete, und redete Hartwig darum an mit dem kreuzdämlichen »Papi«.

Dabei muss gesagt werden, dass Hartwig die Zukunft vieler Mädchen im Heim sogar ziemlich beeinflusst hat, und zwar derjenigen, die an jedem x-beliebigen Schwengel Halt suchten und von pickligen Teenager-Vätern ungewollt schwanger wurden. Der sexuelle Appetit von Anstaltskindern ist schier unersättlich. Jeden Abend fummeln sie an sich oder aneinander herum, bis sie dumm im Kopf sind. Man wartet, bis die Lichter ausgehen, und die Betten fangen an zu rumpeln, Gekeuch erfüllt alle Zimmer.

Wer nach zehn Uhr abends in Zimmer 11 hereinplatzte, konnte Sarah zufrieden auf einem Flaschenhals sitzen sehen, die Augen geschlossen, den Mund voll ungeputzter Zähne geöffnet, das Cerebellum ihres ungeförderten Hirns mit einem Mal euphorisch und durchblutet. Sie war die Königin der Masturbation, die Kaiserin der Orgasmen und der Grund, warum nur die Kleinsten und Naivsten im Heim aus der Obstschale noch Bananen nehmen konnten, ohne daran zu denken, dass die schon irgendwo gesteckt haben könnten. Sie vögelte mit Gurken und Besenstielen und sorgte mit stundenlangen Stöhnsessions bei ihren Zimmergenossinnen für solchen Unmut, dass sie zuletzt ein Zimmer für sich allein bekam, ein unerhörter Luxus, der sie bei den anderen nicht beliebter machte. Doch auch da raubte sie ihnen noch den Schlaf, wenn sie sich mit einem Staubsauger auf den Brustwarzen befriedigte. Betty dagegen amüsierte sich hervorragend allein in der Dusche, bis der Boiler den letzten Tropfen Warmwasser hergab. In der Dusche, die niemand von euch jemals betrat, ohne erst den Fußboden zu inspizieren und wenn nötig, und nötig war es eigentlich immer, die Samenschlieren eines Vorgängers wegzuspülen.

Ein Haufen pubertierender Jungen und Mädchen unter einem Dach, ein Hormoncocktail, und natürlich habt ihr es miteinander getrieben. Auch du. Zu deiner Schande und deinem Schaden lerntest du dort, dass du deinen Laich auch in hässlichen Leibern ablegen konntest. Zuneigung, die erfuhrt ihr zwischen den Beinen. Sobald ihr euch sicher sein konntet, dass der Erzieher vom Nachtdienst tief und fest vor sich hin schnorchelte, ging es los. Aus mysteriösen Gründen war immer Samstag Hochbetrieb. Dann pimpertet ihr drauflos. Zu zweit in einem Bett. Zu dritt. Oder zu noch mehreren.

Unvermeidlich wurde ein Mädchen also ab und zu etwas voll um die Hüften. Dann setzte Hartwig sie in sein Auto und fuhr mit ihr in die Klinik, gegen die Dekrete seines Papstes und mit schlechtem Gewissen. Aber man gewöhnt es sich ab, an die Heiligkeit allen Lebens zu glauben. Eine sexuell übertragbare Krankheit, das war das Leben. Es gab nämlich schon welche im Heim – Glück allein – »Sonnenkind«: Heimkinder von Heimkindern, und sie würden sich nie aus dem Teufelskreis mangelnder Chancen befreien. Auch Teenager-Mütter wurden einmal volljährig und zogen dann gern in die Welt, den eigenen Nachwuchs geflissentlich vergessend. Darum also: Montag – Abtreibungstag. Und abends Salzkartoffeln mit Rosenkohl und Bratwurst.

Hartwigs Frau Gerda war auch mitgekommen. Leicht zu erkennen an der strohblonden Frisur. Den

Psalm sang sie allerdings nicht mit. Jedenfalls nicht hörbar. Vielleicht bewegte sie höflichkeitshalber die Lippen, wie wohl einige Christen bei der Messe, aus Verlegenheit oder weil sie den Gießkannencharakter der eigenen Stimme richtig einschätzen.

Du hattest dich nie des Eindrucks erwehren können, dass sie dich nicht mochte. Irgendetwas an dir ging ihr gegen den Strich. Nicht dass sie damit die Einzige war, aber sie sprach dich nur an, wenn es anders überhaupt nicht mehr ging, und zwar stets in irgendwie bissigem Ton. Du konntest es ihr nicht verübeln, manche Menschen hatten nun mal eine instinktive Aversion gegen andere. Wenn Liebe auf den ersten Blick existierte, musste es auch das Gegenteil geben. Und du musstest Gerda zugestehen, dass sie sich Mühe gab, ihre Abneigung gegen dich stets diskret unter dem Deckel zu halten. Irgendwann war dir auch klargeworden, dass die Ursache ihrer Probleme mehr bei ihr selbst lag als bei dir. Deine Visage war einfach ein Blitzableiter für ihre Frustrationen. Die Entscheidung, einen Großteil ihres Komforts dem Dienst an kleinen Nervensägen zu opfern, war eher von ihrem Mann getroffen worden, und sie war ihm gefolgt, aus Liebe wahrscheinlich. Doch etwas in ihr protestierte, sie konnte es nicht verhehlen: Ihre Privatsphäre war auf ein Minimum reduziert, die eigenen Kinder wuchsen mit Altersgenossen auf, die sich nicht unbedingt durch mustergültiges Verhalten hervortaten, ihre sogenannten Ferien verbrachte sie auf einer Wiese im Zelt mit einer Bande ausgelassener Rabauken. Ihr Wagen war ein Kleinbus, ein weißer Ford Transit, das Modell in der Gegend auch »Mongoschleuder« genannt, weil die lokale Behindertenbranche ihre benachteiligte Klientel in identischen Dingern transportierte. (Manchmal spieltet ihr auf der Rückbank »behindert« und winktet, mit vollgesabbertem Kinn und spastisch verzogenen Grimassen, anderen Verkehrsteilnehmern zu; es machte euch Spaß und war zugleich Ausdruck eures Gefühls, dass es immer noch erträglicher war, für einen Krüppel gehalten zu werden als für ein Heimkind.) Gerda war in dem Alter, in dem andere längst ein eigenes Haus besaßen, ein eigenes Stück Boden unter den Füßen. Sie nicht; Nächstenliebe wird sehr schlecht bezahlt. Früher einmal musste sie viel gelesen haben, ihrem wohlgefüllten Bücherschrank nach zu urteilen, besonders die Gedichte von Guido Gezelle, aber sie kam einfach nicht mehr dazu. Leidenschaftliche Leser, die keine Gelegenheit mehr dazu bekommen, werden schwierige Zeitgenossen, das weißt du selbst. Wahrscheinlich hatte sie, wenn sie mit ihrem Mann schlief, immer sozusagen die Handbremse gezogen, besorgt, wie sie sein musste, dass wieder ein Kind unversehens im Schlafzimmer auftauchte, flennend, weil es ins Bett gemacht hatte, sich in der Dunkelheit fürchtete oder aus einem anderen Grund, aus dem kleine Kinder gern klagen. Alle Bewohner des Heims müssen gespürt haben, dass Gerda auf einen Nervenzusammenbruch zusteuerte. Es war nur eine Frage der Zeit. Sie wurde empfindlich, miesepetrig und jähzornig und fing beim kleinsten Anlass schon Streit an. Ähnelte jeden Tag etwas mehr euren leiblichen Müttern. Bis schließlich die Bombe platzte und ihr mitkriegtet, wie sie ihren Ehemann anbrüllte; ihre Kräche schallten durchs Haus und bestätigten viele in dem, was ihre junge, ereignisreiche Geschichte sie schon gelehrt hatte: dass die Familie kein Ort von Glanz und Gloria ist.

Lebensweisheit, die du wieder vergessen würdest: Liebe und Ehe sind stets peinlich voneinander zu trennen.

Immer öfter verschwand Gerda von der Bildfläche. Jedes Wochenende fuhr sie mit ihren zwei Kindern irgendwohin, wohin genau, wusstet ihr nicht, und Hartwig blieb etwas verloren zurück, in der Klemme zwischen einer im Sinkflug befindlichen Ehe und seinem den Bach runtergehenden Hobby, die Welt zu verbessern.

Du hattest gehört, dass Hartwig kurz nach deinem Weggang aus dem Heim eine Entscheidung getroffen hatte: Ein neues Leiterehepaar zog ein, du warst ihnen noch nie begegnet, doch höchstwahrscheinlich waren es der Mann und die Frau in Schwarz, die da vorn neben Gerda und Hartwig saßen. Gruslig musste es für sie sein: eben erst mit Volldampf eine Aufgabe übernommen, die ihnen wenig gedankt wurde, und sofort mit dem Horror des eigenen Unvermögens konfrontiert. Ein Tod, ein schrecklicher Tod, der hätte verhindert werden können. Vielleicht. Vielleicht aber auch nicht. Jetzt war es zu spät. Schwerer wog, dass eine Frage, die Frage der Schuld, sie bis zu ihrem eigenen Ende verfolgen würde.

Hartwig und Gerda jedenfalls schienen ihre Eheprobleme überwunden zu haben. Sie saßen nebeneinander. Er hielt ihre Hand. Und sang. Psalm 118.

Mit dem Herrn an der Seite hattet ihr nichts zu befürchten.

Gut möglich. Der springende Punkt war nur: Der Herr *war* nicht mit euch!

Lesung aus dem Heiligen Evangelium des Matthäus.

Evangelium …, dachtest du, denn du hattest ein Gutteil deiner Jugend bei den Nonnen und Schwarzröcken vergeudet, in vor Religion triefenden Internaten, sie hatten dich getauft, ohne um Erlaubnis zu fragen, und dich, als du zwölf warst, gezwungen, die

Taufe mit der Folklore der Firmung zu bestätigen. Du hattest in Beichtstühlen Sünden erfunden, um des unschätzbaren Vergnügens des Erzählens willen, warst an der Hand deiner Großmutter durch Kirchen gerutscht und hattest in der Schule etliche Strafarbeiten geschrieben, jedes Mal, wenn du Gott beleidigt haben solltest, so dass du, mit allerlei biblischem Wissen vollgepumpt, den Karneval des kirchlichen Ritus von A bis Z kanntest. Die einzigen Lieder, die du auswendig wusstest, waren Kirchenlieder, peinlicherweise, aber so war es nun mal; du würdest in trunkenen Nächten noch einmal Ruhm einheimsen, wenn du mit Freunden zur nächsten und hoffentlich noch geöffneten Kneipe wanktest, zum Gesang von *Die hier rein durchs Leben gehn, Halleluja*: Ein wandelndes Kirchengesangbuch warst du, wider Willen, Halleluja.

...

Evangelium, dachtest du also, altgriechisch, bedeutet: die gute Nachricht.

Hartwig und Gerda sprangen auf. Doch weil niemand ihrem Beispiel folgte, reagierte der Pfarrer ein wenig gereizt, er konnte es nicht verbergen, und er fühlte sich gezwungen, Verhaltensvorschriften zum Ablauf zu geben: »Werte Anwesende, Freunde und Bekannte von Gianna Nijmandt: Während der Lesung aus dem Evangelium erheben wir uns (mit übertriebener Betonung auf *erheben*). Nicht nur aus Ehrfurcht (vor wem, vor was?), sondern auch, um symbolisch die Haltung des Gelähmten einzunehmen, der sich durch die Kraft seines Glaubens an Jesu Wort von seiner Tragbahre erheben konnte.«

Die Erklärung war dir neu. Ein Mensch lernt nie aus. Jetzt standen alle, widerwillig, denn obwohl die Kirchenstühle unbequem waren, so waren sie immer noch besser als die unnütze körperliche Anstrengung des aufrechten Stehens. Faulheit war eine Tugend, daran änderte keine Predigt etwas. Lautstark schurrten die Stühle über den Steinboden, hier und da nutzte man den Lärm, ein lautes Seufzen zu übertönen. Du machtest nicht mit. Du bliebst sitzen. Du fühltest dich gut auf deinem Stuhl, allein, dort in der letzten Reihe.

Als die Stille wieder zurückgekehrt war, begann der Pfarrer mit seiner Lesung, von der ihr hofftet, sie würde nicht zu lang werden; die gute Nachricht nach Matthäus.

»In jener Zeit sprach Jesus zu seinen Jüngern: Sorget nicht für euer Leben, was ihr essen und trinken werdet, auch nicht für euren Leib, was ihr anziehen werdet. Ist denn das Leben nicht mehr als Speise und Trank und der Leib nicht mehr als die Kleidung? Sehet die Vögel unter dem Himmel: Sie säen nicht, sie ernten nicht, noch sammeln sie in die Scheunen;

und euer himmlischer Vater nähret sie doch. Seid ihr denn nicht viel mehr als sie? Wer aber ist unter euch, der seinem Leben auch nur eine Elle zusetzen könnte, ob er gleich darum sorget? Und warum sorget ihr euch um die Kleidung? Seht die Lilien auf dem Felde, wie sie wachsen: Sie arbeiten nicht, auch spinnen sie nicht …«

Und so weiter. Viel zu lang, in der Tat. Allen fiel ein Stein vom Herzen, als ihr endlich aufgefordert wurdet, euch wieder zu setzen. Uff. Gelobt seist du, Jesus Christus.

Der Predigt, die der liturgischen Logik entsprechend auf die Lesung aus der Heiligen Schrift folgte, hörtest du kaum zu. Auditive Tapete, Klangdekoration, Panflötengesäusel in einer Shoppingmall. Du hüpftest von Gedanke zu Gedanke: Gianna, das Leben, der Tod, dass du unbedingt noch in den Waschsalon musstest, das Buch, das du angefangen hattest zu lesen; du hofftest, am Nachmittag noch einige Seiten weiterzukommen, während deine Unterhemden sich in der Waschlauge drehten, bis sie wieder halbwegs tragbar wären. Hattest du für den Abend auf irgendwas Spezielles Appetit? Etwas anderes als Haferflocken und Chips? Spaghetti Bolognese vielleicht, oder eine Portion Fritten, mit einem Klacks Mayonnaise und einer fetttriefenden Frikadelle?

Inzwischen war der Pfarrer theatralischer geworden, mit seiner Predigt machte er es deinen schweifenden Gedanken sehr schwer, er warf die Arme gen Himmel, zeigte auf den gigantischen gekreuzigten Christus, der über dem Altar baumelte und bei dessen Anblick du dich fragtest, was wohl geschähe, wenn die Materialmüdigkeit genau jetzt und genau in der Schraube zuschlüge, die dieses bleischwere Kruzifix an der Decke festhielt. Alles schien der Pfarrer auf einmal darstellen zu wollen. Himmel, Gott, Schmerz, Trauer, Erlösung. Beim Aussprechen des Wortes »Kind« schnellte sein Finger in Richtung des kindlichsten Wesens, das sein Blick auf die Schnelle finden konnte, ein kleiner Wicht mit grünen Blasen unter der Nase, angeblich ein Ausbund der Unschuld. Willem, ungefähr sechs. Willem, weil er in einem Jahr geboren war, in dem auch die Hunde Namen bekamen, die mit W anfingen. Du kanntest den Kleinen, hattest mit ihm noch am Esstisch gesessen. Dramen und Tränen, wenn er seinen Teller leeressen musste. Blumenkohl fand er am widerlichsten. Würde Willem sich noch lange an Gianna erinnern? War die dünne Spur, die sie auf diesem verdammten Planeten hinterlassen hatte, mit dem Diamantschneider in sein Gedächtnis gekerbt? Eigentlich konnte es anders kaum möglich sein, auch wenn das Ereignis, an das du unwillkürlich zurückdenken musstest, aus der Zeit stammte, als Willem gerade mal vier war und die Blasen unter seiner Nase noch grüner.

Na los, zurück zu dem Tag, an dem Willem ins Heim »Sonnenkind« kam. Willems Debüt, Hepphcheididi! Du und Gianna spieltet gerade Tischtennis. Anstaltskinder sind oft Tischtennisasse, in diesen Einrichtungen steht immer irgendwo eine Platte herum, und wenn sie länger bleiben, haben sie alle Zeit der Welt, sich in dem Spiel zu vervollkommnen. Dich machte das zu einem nicht unverdienstvollen Spieler. Ansonsten warst du stets ein sportlicher Verlierer, bis zu einem gewissen Grad sogar in der Liebe, doch eine Niederlage im Pingpong oder im Scrabble konntest du absolut nicht verknusen. Auch später nicht. Beim Schachspielen ging es gerade noch, aber dein Ehrgeiz im Scrabble und Pingpong ist immer unbändig geblieben. Gianna spielte in einer zu niedrigen Liga, als dass dir die Schmetterbälle, die du auf sie abfeuertest, wirklich Freude hätten bereiten können. Wenigstens *ein* Pünktchen hättest du ihr doch gönnen können, aber selbst das kam nicht in Frage. Einundzwanzig zu null, Seitenwechsel, und wieder: einundzwanzig zu null. Mit weniger gabst du dich nicht ab.

Es klingelte. Zwischenstand in dem Moment: vierzehn zu null für dich, erste Runde. Der Pingpongtisch stand in der Eingangshalle, und weil die Türen vollständig verglast waren, saht ihr sofort, wer klingelte: eine hagere Frau, alles an ihr in die Länge gezogen, der Körper, die Nase, das Kinn. Brüste dagegen hatte sie kaum, da gab es nichts in die Länge zu ziehen. An der Hand hielt sie einen hysterischen Knirps, tomatenrot im Gesicht vom unaufhörlichen Heulen. Kein Erzieher hätte etwas dagegen gehabt, wenn Gianna und du die Tür aufgemacht hättet, ihr solltet euch schließlich »zu Hause fühlen«, und das Öffnen der Tür trug zu diesem Prozess bei. Dachte man. Aber ihr wittertet Ärger, zehn Meilen gegen den Wind, und beschlosst, einfach weiterzuspielen, bis jemand anders an die Tür ging. Nach dreimal tobendem Klingeln kam Katelijn, Erzieherin mit Wochenenddienst, in die Eingangshalle gestürzt, sichtlich verärgert.

»Hört ihr denn nicht, dass es klingelt? Es steht wer vor der Tür!«

»Aber wir spielen grade Tischtennis!«

Das Spielen würdet ihr natürlich sofort einstellen, damit euch kein Detail dessen entginge, was sich da als vielversprechendes Schauspiel ankündigte.

Katelijn hatte einen merkwürdigen, schwer zu ergründenden Charakter. Sie faszinierte dich irgendwie. Wahrscheinlich war sie die Einzige aus der ganzen Pädagogen-Truppe, die aus einem konkreten Grund Erzieherin geworden war. Irgendetwas in ihrer Vergangenheit, vermutetest du. Sie qualmte wie ein Krematorium, leichte, dünne Zigaretten, trank so viel Kaffee, dass sie den ganzen Tag ständig aufs Klo rennen musste. Sagen wir's so: Hier und da erkanntest du etwas von dir in ihr wieder. Sie war hässlich, doch auf mysteriöse Weise auch anziehend, ein seltenes Geschenk der Natur, das den meisten von euch nicht vergönnt war. Immer dieses Widersprüchliche an ihr. So konnte sie sehr freundlich lächeln, während sie einen gleichzeitig streng examinierend ansah. Sibyllinisch, entwaffnend. Du fragtest dich, ob es wohl einen Mann gab, bei dem sie euch nach der Arbeit vergessen konnte.

»Wer ist hier der Verantwortliche?«, blaffte das brustarme Schlangenweib mit dem heulenden Kleinen an der Hand, sobald Katelijn die Tür aufgemacht hatte. Kein »Guten Tag« oder eine andere Höflichkeitsfloskel, nur dieses Geblaff. Eine technische Frage im Grunde, die nach dem Verantwortlichen; eine ausführliche Antwort würde einige Zeit in Anspruch nehmen, und es war klar, dass die Bohnenstange sich für die Finessen der Hierarchie in dieser pädagogischen Einrichtung auch nur peripher interessierte. Also stellte Katelijn sich als Erzieherin und

Verantwortliche vor, zuständig für alle Fragen, auch die höchst unfreundlich gestellten.

Da sagte das lange Schlangenweib: »Ich komm meinen Kleinen hier abliefern, ich will ihn nicht mehr!«

Die Sprüche kanntet ihr.

Und obwohl kein Satz hätte eindeutiger sein können, bat Katelijn trotzdem, ihn zu wiederholen, was die Frau auch sofort tat, Wort für Wort, selbe Mimik, selbe Intonation. Ich komm meinen Kleinen hier abliefern, ich will ihn nicht mehr!

Abliefern; schwaches Verb, zu benutzen für: Gefangene, Schweinehälften, Holzscheite, Geld und eben Kinder.

»Das geht nicht so einfach«, sagte die Erzieherin resolut. »Sie denken vielleicht, Muttersein könnte man jederzeit kündigen, leider gibt es viele, die so denken wie Sie, das hab ich oft genug gesehen in diesem Beruf. Aber unser Heim ist kein Mülleimer für Kinder. Unsere Jugendlichen sind nur hier, weil ein Familienrichter das angeordnet hat. So einfach kommt kein Minderjähriger in eine Erziehungseinrichtung. Ein Kind kriegen ist leichter, als es wieder loswerden, und wenn Sie sich auf den Kopf stellen und Fliegen fangen, es ändert nichts. Auch nicht an Ihrer Situation, die ich nicht kenne, aber ich will Ihnen gern helfen, eine Lösung zu finden. Es gibt Stellen – wenn Sie kurz mit mir ins Büro kommen möchten, kann ich Ihnen die Adressen heraussuchen … Stellen also, die Ihnen in Ihrer persönlichen Situation helfen können. Sie müssen sich dort nur melden. Wenn es Ihnen was nutzt, kann ich gern den Kontakt für Sie herstellen, wir können das auch zusammen tun, gleich sogar. Aber Ihren Sohn hier bloß abliefern, nein, das geht nicht, dann haben Sie den Sinn unserer Einrichtung ganz falsch verstanden. Es geht hier um Kinder, um Menschen, nicht um leere Flaschen, die man dem Milchmann einfach zurückgibt.«

Gut gesprochen, bravo, ihr wart keine Flaschen. Katelijn glaubte es beinahe selbst.

Die Mutter war von dieser Litanei derart beeindruckt, dass sie wie aus der Pistole geschossen erwiderte: »Wenn ihr ihn nicht wollt, ist das euer Problem. *Ich* jedenfalls will ihn nicht mehr, fertig! Wenn ihr ihn nicht reinlasst, bleibt er eben hier draußen.«

Und weg war sie. Als sie sich umgedreht hatte und das Grundstück verlassen wollte, hatte der Junge sich noch kurz an sie geklammert, *Mama, Mama, Mama!*, sein schwaches Lamento, und Mama hatte ihn angezischt, er solle ihr Bein loslassen und bleiben, wo er war, sonst trete sie ihn zu Brei.

Da stand Katelijn also mit diesem Jungen, dessen Namen sie nicht einmal wusste. Als sie ihn fragte, musste er ihn fünfmal wiederholen, weil er durch sein erbärmliches Geheul kaum zu verstehen war.

An dem Nachmittag haben Gianna und du keinen Pingpongschläger mehr angerührt, der Spielstand blieb vierzehn zu null bis in alle Ewigkeit, Amen. Wie eine Mutter, nein, das glaubtet ihr ja nicht mehr, wie eine Schwester, ja, wie eine Schwester nahm Gianna das Kerlchen tröstend bei der Hand, und es ist an dem Tag nicht mehr von ihrer Seite gewichen. Ein Schutzengel war ihm dort im Heim erschienen, wo er abgeliefert worden war, und dieser Engel lag jetzt reglos da vorne im Sarg, einem aus Kirschholz. Mit gebrochenen Flügeln. Unbeweint. Kein großer Verlust.

Zwei Jahre nach seinem grotesken Debüt war Willem noch immer im Heim, mit siebzehn wäre er es aller Wahrscheinlichkeit nach auch noch, in diesem unentrinnbaren Mülleimer für Kinder, die leeren Flaschen. Er langweilte sich während der Trauerfeier zu Ehren seiner Beschützerin und fing an, das Papier des Gebetbuchs zu essen.

So betet denn für die Verstorbene. Betet auch für ihre Familie, die durch Abwesenheit und Desinteresse glänzte. Betet für die Freunde, die sie nicht hatte, außer den Leuten, mit denen sie im Heim rumhing, die Kumpel, die sie sich nie ausgesucht hatte und mit denen sie trotzdem auskommen musste. Betet für den Freund, den sie eine Weile gehabt hatte, Gott sei Dank, immerhin, einen Jungen zum Küssen im Ladeneingang nach Schulschluss, für gemeinsame Radtouren und die Sehnsucht nach einem selbständigen Morgen: ein Junge aus besseren Kreisen, Sohn eines Polizeioberinspektors und einer Lehrerin, wohnhaft in einem steingewordenen Mittelklassetraum mit Garten, in dem Platz für ein Trampolin und einen gemauerten Grill war, in einer Straße, benannt nach einem Vogel, weil Familien, die auf sich hielten, immer in Straßen wohnen wollten, die nach Vögeln benannt sind oder nach Pflanzen, und der, um die Erwartungen seiner Eltern zu erfüllen, eines Tages zum Studium in die Universitätsstadt entfleuchen musste; ein Junge, der gezwungen wurde, seine erste Liebe zu beenden, zu diesem Heimkind ohne Perspektive, Gianna mit ihrer fragwürdigen Herkunft, ihrem Mangel an Erziehung – ein freundliches Ding, zweifellos, hübsch und lieb und im Grunde nicht dumm, auch wenn sie bloß Friseuse lernte, aber nicht geeignet für ihn. Die Liebe ist blind, zu Anfang zumindest, doch irgendwann nähme sie die Augenbinde ab, die Liebe, und dann sähe sie klar und deutlich, und der Herr Sohnemann würde einsehen, dass die Eltern weise Worte gesprochen hatten. Es war nicht einfach, mit jemandem einen Hausstand zu gründen, der selbst nie die warme Sonne einer Familie gespürt hatte. Mach Schluss, Junge, mach Schluss mit diesem Wegwerfmädchen. Also betet für diesen Jungen, der sich ebenso wenig wie andere die Mutter hatte aussuchen können und der nicht die Kraft hatte oder fand, für seine eigenen Wünsche einzutreten. Betet, na los, faltet fromm die Hände und betet um Vergebung für all die Bürger mit ihren einfachen Leben und einfachen Urteilen, das Vaterunser, der im Himmel ist, sein Reich komme, sein Wille geschehe.

Mit ihrem frühen Tod hatte Gianna sich eine Menge Ärger erspart, das muss sie gewusst haben. Es war der einzige Grund, warum sie jetzt dort auf der Totenbahre lag. Sie hatte keine Show abgezogen wie Nikky, die sich mit dem Messer ein bisschen am Handgelenk geritzt hatte und dann noch Wochen kokett mit Verband und der Amateurtheaterversion einer Depression herumlief. Nicht wie Wim, der mehrmals ankündigte, sich vor den Zehn-Uhr-zehn-Zug nach Gent werfen zu wollen, und zwei Stunden später zurückkehrte, empört, weil niemand sich die Mühe gemacht hatte, ihn von den Schienen herunterzuholen. »Ich bin euch allen egal!« Nicht wie Frederik, der mit gespielter Gleichgültigkeit regelmäßig das halbe Arzneischränkchen verputzte und dem dabei nie mehr passierte, als dass er zum Beispiel eine Woche lang nicht mehr kacken konnte. Und noch weniger als diese Tussen, die alles daransetzten, sich das Label »Anorexie« ankleben zu dürfen. Nein, da war Gianna würdevoller gewesen, eine Dame. So sehr sogar, dass schon gemunkelt wurde, sie hätte gar keinen Grund dafür gehabt und dass es ein Unfall gewesen sein musste. Siebzehn und tot, genau, wie sie gewollt hatte. Sie hatte geahnt, was ihr noch erkennen musstet: dass eure Koffer nie definitiv irgendwo abgestellt würden. Immer wieder würde der Abend kommen, an dem ein Partner sagte, es liege nicht an dir, sondern an deiner Vergangenheit, du hättest nie wirklich gelernt, mit jemand anderem zusammenzuleben, man könne es ja verstehen, aber du seist ein Einzelgänger und dir fehle etwas. Du könnest nicht reden. Genau: Man könne nicht mit dir reden. Einerseits fühltest du dich unheimlich leicht abgelehnt, andererseits hättest du Hornhaut auf sämtlichen Gefühlsorganen entwickelt. Zwischen Bindungsfurcht und der Angst, verlassen zu werden, jagtest du hin und her. Nochmals, man könne es dir wirklich nicht übelnehmen, gute Vorbilder habest du nie gehabt. Ja, ja, sie liebten dich, eine wie die andere, und du seist ein wertvoller Mensch, aber was vereint gewesen war, müsse nun doch wieder getrennt werden. Sie wünschten dir alles Gute, immer.

Der Herr sei mit euch.
Und mit seinem Geist.
Erhebet die Herzen.
Ihr habt die Herzen beim Herrn.
Danket dem Herrn, euerm Gott.
Für euch ist das würdig und recht.

Und wo du den Alten jetzt doch einmal sprachst – nicht wirklich, aber trotzdem –, war dies vielleicht der geeignete Moment, ihm zu erzählen, was du ihm schon immer einmal erzählen wolltest.

Wie würde es am stärksten rüberkommen: erst erzählen, dass du mit Gianna geschlafen hattest, oder deinen Bericht mit der Vorbemerkung beginnen, dass ihre Unterbringung im Heim von einem Familienrichter verfügt worden war, nachdem der Geliebte ihrer Mutter ihr mehrmals an die Muschidose gefasst hatte?

Nicht, dass das besonders originell gewesen wäre; nach einem Missbrauch landeten viele Mädchen unter den schützenden Fittichen des Gerichts. In »Sonnenkind« jedenfalls gab es genug, um mit ihnen einen Strickclub zu gründen, und selten waren diese Mädchen prüde. Im Gegenteil, wirklich. Sie waren körperlich aktiver als alle anderen und eher beleidigt, wenn man sie nicht anfasste. Hungrige Biester.

(»Lasset uns vögeln. Wir vögeln dich, Herr, erhöre uns.«)

Doch sei nicht zu streng mit dir: Als du in sie eindrangst, wusstest du nicht, dass Gianna von einem, der sie eigentlich hätte beschützen sollen, missbraucht worden war. Ehrenwort. Das hast du erst später erfahren, über Umwege. Hättest du deine emotionalen Sensoren schärfer eingestellt, hättest du es vielleicht spüren können. Aber wissen konntest du es nicht. Sie sagte ja nie etwas. Eines Abends war sie auf dein Zimmer geschlichen, hatte gefragt, ob sie störe und ob sie einen Moment bleiben könne. Sie war neu, die erste Woche in unserer Anstalt, und war durch ihre Schüchternheit bereits aufgefallen. Und weil Heimkinder sonst beinah gesetzmäßig allesamt hässlich waren, fiel sie auch noch durch etwas anderes auf.

Zufällig hattest du zu der Zeit ein Zimmer für dich, nicht aus dem gleichen Grund wie Sarah, sondern weil dein Zimmergenosse beim Einnehmen halluzinogener Leckereien erwischt worden war und man ihn für einige Wochen – zuletzt wurden es Monate – zwecks Umerziehung zu einer Pilgertour verdonnert hatte. Man meinte, ihn nach Santiago de Compostela schicken zu müssen, zusammen mit anderen gefährdeten Jugendlichen, mit Fixern, Pillenschluckern, Kleinkriminellen noch, in Begleitung von drei Erziehern. Denn daran glaubte man fest in Sozialarbeiterkreisen: dass ein entbehrungsreicher Fußmarsch von tausend und einigen Kilometern über die französische und spanische Grenze nebst Pyrenäen der auf die schiefe Bahn geratenen Jugend neue Werte beibringen würde, dass sie ihre Freude am Leben wiedergewönnen sowie Selbstwertgefühl und dass der Hang zu Drogen wie zu Handtaschen alter Frauen dann von selbst verschwinden würde. Du wolltest dir kein Urteil anmaßen, ob dein Zimmergenosse wirklich als nützliches Glied der bürgerlichen Gesellschaft zurückkehren würde; doch solange er nicht zurückkehrte, hattest du das Zimmer für dich. Und das zählte. Für dich zumindest. Dieses Zimmer – und dass du hier nach und nach Ruhe bekamst, Ruhe zum Lesen.

Die erste Woche war Gianna verloren durchs Haus geschlichen. Noch nicht so recht heimisch. Du kanntest diesen Prozess, von anderen wie von dir selbst. Die berüchtigte erste Woche. Man nannte das »Eingewöhnungsprobleme«. Ein alberner Irrtum natürlich. Schließlich wart ihr Chamäleons geworden, gewohnt, in einem fort umzuziehen. Pendler,

Zigeuner. Schachfiguren, die vom Jugendamt lustlos übers Spielfeld geschoben wurden. Machte ein Neuankömmling einen abwesenden Eindruck, hatte das darum nicht die Bohne mit Eingewöhnung zu tun, sondern dem schlichten Gefühl, wieder eine Stufe nach unten gestoßen worden zu sein, ein Heimatloser, zum x-ten Mal, und das musste man erst mal ertragen. In eurem Leben wurden euch die Türen vor der Nase zugeknallt, nicht geöffnet. Und du ertrugst es, du warst ein harter Knochen. Aber eine knappe Woche, das alles immer wieder zu verdauen, brauchtest du schon.

Okay, es war also Giannas erste Woche im Heim, und sie hatte sich auf dein Zimmer geschlichen, genau wissend, dass das verboten war. Nach Bettzeit war auf den Zimmern keinerlei Besuch mehr erlaubt, Punkt, aus, diese Regel galt kategorisch, von Tag null an. Aber, nein, sie störe nicht, sie könne ruhig einen Moment bleiben. Solange sie still war und flüsterte. Das Licht blieb jedoch aus, zu riskant, vom Flur aus könnte man es sehen. Also konntest du ihr dein Zimmer nicht zeigen, die Poster (eins von deinem Lieblingssänger und ein altes Kinoplakat, *Casablanca*; nur weil es so schön nostalgisch aussah, den Film selbst hattest du niemals gesehen). Du konntest sie nicht herumführen in deiner zehn Quadratmeter großen Welt, mit den Musikkassetten, die sie bestimmt nicht zu fesseln vermochten, deinen Schulbüchern mit Integralen, Kurven und Gleichungen, dem Foto von deinem Vater, das auf deinem Schreibtisch stand, weil du damals noch glaubtest, es deinen Gefühlen schuldig zu sein, diesen Mann zu vermissen, der eingetrockneten Zahnpasta in deinem Waschbecken, dem Rasierer, den du zweimal pro Woche und mit nicht geringem Stolz schon benutztest. Mit anderen Worten, viel konnte sie in deinem Zimmer nicht tun, außer zu dir zu kriechen, was sie denn auch tat. Sie trug einen Schlafanzug. Das Modell und die Farbe konntest du nicht erkennen, doch der Stoff fühlte sich altmodisch an, ärmlich. Du schliefst immer nackt, reine Gewohnheit, und obwohl sie das natürlich gemerkt haben musste, sagte sie keinen Ton. Zumindest war es ihr offenbar nicht peinlich, so ungeniert in deine Intimsphäre eingedrungen zu sein. Sie lag also neben dir, in einem Bett, das eigentlich schon für einen zu klein war. Du hattest erwartet, dass sie etwas sagen würde. Irgendwas. Zu ihrer Geschichte, ihrer Unsicherheit, den Bräuchen und Sitten im Heim. Oder dass sie Angst hatte und traurig war und sich zumindest ein bisschen besser fühlte, wenn sie wenigstens jetzt nicht allein zu sein brauchte. Egal was. Aber sie schwieg, so wie sie auch nun wieder still da vorn in ihrem kirschhölzernen Sarg lag. Dir blieb also gar nichts anderes übrig, als zu glauben, sie sei aus demselben Grund zu dir gekommen, wie Britney und Nikky oder sonst irgendwer zu dir oder irgendwem anders ins Bett kroch.

Du schobst deine Hand in ihre Pyjamahose. Fummeltest etwas darin herum. Sehr kooperativ war sie nicht, vorsichtig ausgedrückt: Sie blieb reglos, ihr Atem behielt denselben gleichgültigen Rhythmus. Doch ebenso wenig wies sie dich zurück. Auch nicht, als du ihr die Pyjamahose herunterschobst, mit den Händen unter ihr Schlaf-T-Shirt glittest. Du drücktest ihr die Beine auseinander, du musstest wirklich alles allein machen; das Bett war so schmal, dass ihre Füße dabei unter der Bettdecke hervorrutschten. Und du legtest los. Zu sagen, es sei ein einmaliges Vergnügen gewesen, wäre übertrieben, aber du machtest dein Ding, bis wenigstens du deinen Spaß gehabt hattest und du kamst, auf ihrem Bauch, sicherheitshalber. Der Stil hier im Haus. Danach stand sie auf und kehrte leise auf ihr Zimmer zurück. Da das Geräusch eines laufenden Wasserhahns die Aufmerksamkeit eines Erziehers auf sich gelenkt hätte, hast du erst am nächsten Morgen die Spuren ihrer Menstruation von deinem Rammbock gespült.

Ihr habt nie über diesen Vorfall gesprochen. Auch nicht mehr miteinander geschlafen. Ihr schaukeltet im Garten, spieltet Tischtennis, fuhrt mit dem Rad ins Shoppingcenter, erledigtet gemeinsam den Abwasch, wenn der Spülplan euch wieder einmal zusammenführte. All das, als sei nichts geschehen. Und sie war selig, wenn sie ihre neuerlernten Schnitttechniken auf deinem langhaarigen Schädel ausprobieren durfte; tat dies mit aller Vorsicht und Sanftheit.

Das ist es vielleicht, was du dem alten Gott zu erzählen hättest. Das, und dass du später über Umwege erfuhrst, dass sie eine Missbrauchsvergangenheit zu verarbeiten hatte.

Musik!

Panflöte. Der Pfarrer sagte, niemand brauche sich verpflichtet zu fühlen, die Heilige Kommunion zu empfangen. Die Hostie, der symbolische Leib Christi, und das Wesen der Eucharistie seien ernste Angelegenheiten, ohne Überzeugung bräuchte man nicht daran teilzunehmen. Inzwischen könntet ihr der Musik lauschen, die Gianna so oft gehört hatte, die Erzieher hätten diese Woche ein paar Kassetten auf ihrem Zimmer gefunden. Die Musik, die ihr nun hörtet, stamme von der Kassette, die noch in ihrem Rekorder gesteckt habe, und sei aller Wahrscheinlichkeit nach das Letzte, was sie gehört habe.

(Wenn das hier Willems Beerdigung wäre, hörtet ihr jetzt »Der Wolf und die sieben Geißlein«, schoss dir dazu durch den Sinn. Und in Stefaans Kassettenrekorder hätte zweifellos dieser ewige schwule Hardrock gesteckt.)

Bei der Beerdigung deines Vaters, knapp zwei Jahre zuvor, hattest du die Hostie noch abgelehnt, als einziger Sohn des Toten ein blanker Affront, vor allem in dem Dorf, wo seine gefolterte Seele ruhen sollte, bis die Pacht für seine Grabstelle abgelaufen war zumindest. Wenn du es richtig bedachtest, war das hier dein erstes Leichenbegängnis, seit dein Erzeuger zu den Engeln psalmodiert worden war, deine Gedanken wanderten denn auch zu ihm hin und würden sich bei derartigen Zeremonien jedes Mal wieder zu ihm bewegen. (Bei jeder Beerdigung begräbt man den eigenen Vater. So ist das, Beerdigungen erinnern an vorhergehende Beerdigungen, es werden immer mehr.) Doch diesmal standest du auf – steife Beine – und steuertest direkt auf den Mann mit dem Kelch zu, um, ohne Überzeugung, den nach Pappe schmeckenden Leib Christi zu dir zu nehmen.

Und während du so Richtung Altar schlurftest, ging ein Raunen mit deinem Namen durch den Raum. Die Nase. Die Nase. Die Nase. Erst jetzt bemerkten sie deine Anwesenheit. Sieh an, die Nase! Mit einem kurzen Nicken oder einem Zwinkern hättest du einige deiner alten Waffengefährten – wenn man sie so nennen durfte – begrüßen können, doch das schien dir unpassend, und du schautest stur geradeaus.

Was ging ihnen durch den Kopf, als sie dich so plötzlich auftauchen sahen? Das Raunen schwoll an, was dem Panflötengesäusel nur guttun konnte.

Natürlich musste nach Giannas Tod dein Name zigfach von ihren Zungen gerollt sein, und in diesem Gedanken lag keine Spur Eitelkeit. Denn du warst es gewesen, Nase, du allein, der begonnen hatte, das Fenster des obersten Stockwerks im allgemeinen Bewusstsein als Sprungbrett zu verankern. *Das* Fenster, denn es gab nur eins, an das man in diesem Zusammenhang denken konnte, alle anderen Fenster der Welt spielten absolut keine Rolle: das Fenster, unter dem Gianna gefunden worden war. Denn du warst vielleicht ein Musterkind dieser Einrichtung, hervorragender Schüler, höflich, ohne Vorstrafenregister, aller Wahrscheinlichkeit nach wohl auch clean, leidenschaftlicher Leser von Büchern, die dem Großteil der Leute nichts sagten; hinter dem Rücken der Erzieher jedoch warst du ein Kasper, manchmal geradezu eine Pottsau, und immer für eine kleine Gemeinheit zu haben. Meisterkleptomane, spezialisiert auf Romane und Wein. Nicht irgendwelchen, chilenischer zum Beispiel war unter deiner Würde, teils aus jugendlicher Pose, mehr noch aus Sportsgeist. Wein, den ihr dann brüderlich auf einem der Jungenzimmer aussofft und mit dem Kevin heroisch seine Pillen hinunterspülte. Du platztest vor Energie und langweiltest dich schnell, immer musste irgendetwas passieren. Und so fandest du beim Plündern in einem Schuppen irgendwann ein dickes Seilbündel, das dich interessierte. Du wusstest noch nicht, was du damit anfangen solltest, hattest aber das vollste Vertrauen zu deiner Phantasie, und noch am selben Tag kam dir eine Idee: Du würdest dich damit aus dem Fenster im obersten Stockwerk herunterlassen! Ob das Seil stark genug war, dein Gewicht zu tragen, wusstest du nicht, noch nicht, das musste man erst herausfinden, und du gingst auf die Suche nach einem geeigneten, leichteren Versuchskaninchen. Stefaan war der ideale Kandidat, fünfzig Kilo Elend maximal, Macho und derart pubertierend, dass es einem total auf die Nerven ging. Eine Heldentat kam ihm wie gerufen, sein Rang in der Hackordnung des Heims würde davon ansehnlich steigen.

Mit Knoten kanntest du dich aus, du konntest ein Klettergeschirr aus Seil knüpfen, wusstest, wie man einen Achterknoten und wie einen Halbmastwurf band. Wenn jemand vorhatte, sich zu erhängen, konnte er sich vertrauensvoll an dich wenden, du machtest ihm die perfekte Schlinge, Erfolg garantiert. Du befestigtest also das Tau am Heizkörper, was dich nicht völlig befriedigte, aber eine sicherere Alternative hattest du nicht. Dann seiltest du Stefaan vorsichtig ab. Der arme Kerl war vor Angst so bleich wie eingekellerter Porree, doch es gab kein Zurück, du konntest ihn nicht wieder hochziehen, es ging nur abwärts, er musste den ganzen Parcours absolvieren. Ihm ging es nicht um die Aktion, er wollte sie nur vollbracht haben. Wie hoch über dem Boden war wohl das Fenster? Fünfzehn Meter? Sechzehn, schätztest du. Für die Kleinen im Haus war es wie Zirkus. Etwas Aufregendes, endlich. Sie johlten und machten so viel Radau, dass in null Komma nichts alle diensthabenden Erzieher im Garten zusammenliefen, unter dem Fenster, neben der Schaukel, und dir zuschrien, du seist wohl völlig verrückt geworden. Das konnte schon sein, nutzte euch im Moment aber auch nichts. Sollten sie dich bestrafen, so viel sie nur wollten, jetzt mussten sie doch erst mal warten, bis alles zu Ende war und Stefaan unversehrt den Erdboden erreicht hatte. Als das endlich der Fall war, applaudierten die Kleinen wie Schimpansen, zum großen Ärger der Erzieher. Nach seiner Landung kotzte Stefaan erst sein Mittagessen aus und sonnte sich dann den Rest des Tages scheinbar gleichgültig in der Bewunderung der hingerissenen Menge.

Seit dem Tag war das Fenster das verbotene und heißbegehrte Spielzeug der Einrichtung. Die Entdeckung der Höhe, damit begannt ihr zu flirten, dass es eine wahre Lust war. Klimmzüge, die Füße im Leeren. Oder, der Knüller: mit einem mutigen Schritt seitwärts das Fenster des Nebenzimmers erreichen und von dort wieder ins Haus zurückklettern. Dinge, bei denen ihr einander nur allzu gern necktet, etwa indem ihr das Fenster plötzlich zumachtet, bis der Heros des Tages vor Höhenangst kreidebleich war. Oft zitterten euch nach so einer Anstrengung noch zwanzig Minuten später die Knie, und das Herz raste eine ganze Weile wie verrückt, es war ein Kick, den man von keinem Doktor verschrieben bekam.

Natürlich, daran mussten alle gedacht haben, unzählige Male in der vergangenen Woche. Möglicherweise waren inzwischen alle Fenster verriegelt, wie es ein paar Jahre später auch in Hotels üblich wurde, was es nicht nur schwieriger machte, Selbstmord zu begehen, sondern auch, den Rauchmelder auszutricksen und heimlich eine zu qualmen.

Du nähertest dich dem Sarg, den du kurz berühren wolltest, wie albern die Geste auch sein mochte. Doch eine andere Art, Abschied zu nehmen, fiel dir nicht ein. Eine Hand auf dem Sarg, so dass ein Fingerabdruck von dir mit ihr ins Grab gehen würde.

Dass ein Foto auf dem Sarg stand, hattest du von weitem gesehen, doch erst jetzt konntest du es deutlich erkennen. Ein kürzlich aufgenommenes Porträt, auf dem sie lächelte, nicht auf die Art, die von Herzen kommt, sondern die lediglich dazu bestimmt ist, den Fotografen zufriedenzustellen, und darauf konnte man sehen, dass Gianna sich in der Zwischenzeit dem Äußeren eines Anstaltskinds zumindest angenähert hatte. Hässlicher war sie geworden. Die Zähne. Im Heim nahm man es mit der Körperhygiene der Älteren nie so genau. Mit dem Gestank, der Vanessas Achseln entströmte, hätte man ein Pony anästhesieren können, vor den Mahlzeiten brachen regelmäßig Kämpfe aus, damit man nur ja nicht neben ihr sitzen musste, und doch konnte kein Erzieher Vanessa jemals dazu bewegen, sich mit einem Waschlappen zu kitzeln. Auch auf Zähneputzen wurdet ihr nie kontrolliert, der alljährliche Besuch beim Zahnarzt, den das Gesundheitsamt anriet, wurde nicht absolviert. Aus all diesen Gründen wurdet ihr hässlich wie eure Zähne.

Es war an sich schon ein Wunder, dass es ein jüngeres Foto von Gianna überhaupt gab. Du hattest kein einziges von dir aus dem Alter. Nicht, dass dir das leidgetan hätte; übrigens sollte der Tag kommen, an dem du ohne jede Sentimentalität all deine Fotoalben im Mülleimer entsorgtest; ein Gefühl von Befreiung brachte das nicht, aber du warst einfach froh, das Bild deiner ersten vierzig Lebensjahre damit gelöscht zu haben.

Der Leib Christi. Amen.

Ein professionell trübselig dreinschauender Mitarbeiter des Begräbnisunternehmens – Trauerkloß von Beruf, was für eine Idee! – drückte dir nach der Hostie ein Andachtsbildchen in die Hand, das gleiche Foto wie auf dem Sarg, Gianna mit Kurzhaarfrisur, diplomatischem Lächeln und vernachlässigten Zähnen sowie dem Text: *Only the good die young.* Darunter ihr Name, Geburts- und Todesdatum. Trockene, administrative Fakten. Ihr Leben: der kleine Strich zwischen zwei Daten.

Only the good die young. Eine hervorragende Grabinschrift für dich selbst, solltest du neunzig werden.

Du warst schon froh, dass unter dem Andachtsbildchen nicht wieder was von Gottes unendlicher Güte stand.

Beerdigungen dauern immer zu lange. Merkwürdig, schließlich sind die Anwesenden doch eine Gruppe von Menschen, die in dieser Form nie mehr zusammenkommen werden, weil ihr bindendes Zentrum nicht mehr besteht. Man sollte annehmen, der eine oder andere hoffe, der Pfarrer möge eine Zugaberunde Gebete einlegen, damit man ein wenig länger beieinander sein kann, noch ein ganz kleines bisschen, mit dem Toten und all jenen, die auf irgendeine Weise mit ihm verbunden waren; doch schon während der Predigt wird die Trauer verdrängt von Gedanken an kalte Füße und die gottserbärmlich unbequemen Stühle. Man findet diese ellenlangen Predigten und Lobhudeleien auf den Verstorbenen eine Quälerei, ein fruchtloses Bohren in Wunden, die doch nie mehr heilen wollen, und wartet höflich, doch ungeduldig auf den Moment, da die Leichenträger ihre Schultern wieder unter den Sarg schieben. Die Eucharistie ist bereits eine Erlösung, man spürt, wie die Menge erleichtert aufatmet. Das langsame Tippeln Richtung Altar ist eine angenehme Abwechslung und die Kenntnis der Liturgie bei den meisten Kirchgängern noch ausreichend groß, um zu wissen, dass die Trauershow nun zu vier Fünfteln vorbei ist. Mit etwas Pech spricht noch jemand ein Abschiedswort, danach die traditionelle Beweihräucherung und dann endlich: fertig für heute!

Ein klein wenig Pech hattet ihr wirklich. Phrasendrescher des Tages war der Direktor von Giannas Berufsschule, wo sie im Frisieren von Hahnenkämmen, Schmalzlocken, Dauerwellen, Zöpfen, toupierten Vogelnestern und Afrolook, dem ganzen Gedöns eben, unterrichtet wurde. Er entschuldigte sich, dass Giannas Klasse nicht da war, doch es sei Ende des Schuljahrs, die Prüfungstermine, es sei unmöglich gewesen, die zu verlegen. Man habe es versucht, ja, ja. Er versicherte, man habe in der Schule eine Andacht gehalten, und dass die Gedanken der Schüler auch in diesem Moment bei Gianna seien. Ja, ja. Dann begann das obligatorische Gesülze, was für eine hervorragende Schülerin (ihre letzten Noten wiesen allerdings in die andere Richtung), wie engagiert für die Schwächeren, wie gut integriert in der Klasse, wie hilfsbereit, blablabla, trallali, trallala. Du hörtest nicht mehr zu. Auf deiner Beerdigung würde der Schulleiter dasselbe über dich behaupten, während er dich in Wirklichkeit nicht einmal kannte. Schuldirektoren sahen Schüler nur, wenn es mal wieder wen abzukanzeln galt, beim Namen kannten sie nur die Störenfriede und Problemfälle, die Guten und Mittelmäßigen waren ihnen vollkommen fremd.

Wetterleuchten. Deine Gedanken schweiften ab, und du ließest sie gehen … Gianna war seit ungefähr drei Monaten im Heim, als mitgeteilt wurde, dass potentielle Pflegeeltern sich angemeldet hatten. Sie wüssten noch nicht, ob sie die Rolle rund um die Uhr übernehmen wollten oder nur an den Wochenenden oder in den Ferien. Sie wollten sich alles einfach mal ansehen. Kindershopping. Schauen, ob ein Exemplar im Angebot war, das zu ihnen passte, zu ihren Möbeln vielleicht. Oft kamen solche Besuche nicht vor, die Erdkruste war schließlich nicht übersät mit uneigennützigen Wohltätern, aber wenn solch eine mögliche Pflegefamilie sich ankündigte, bekamst du regelmäßig Brechreiz. Du kanntest die Typen: freundliche Menschen, voll guten Willens, es war nichts an ihnen auszusetzen. Meist hatten sie schon ein Kind, und wenn dieser Gebärmutterhalskrebs nicht gewesen wäre, hätten sie bestimmt selbst noch ein Brüderchen oder ein Schwesterchen produziert, aus eigenem Ei und eigenem Samen, doch jetzt machten sie aus der Not eine Tugend, vervollständigten ihren Kinderwunsch und verhalfen in einem Aufwasch noch einem Chancenlosen zum Glück. Schön.

Jedes Mal herrschte eine ungesunde Wettkampfatmosphäre, wenn diese Leute in euren Showroom kamen, schließlich konnte es stets nur einen Auserwählten geben, ein auserkorenes Kind, nie wollte jemand zehn oder zwanzig zugleich nehmen, und du fandest es rührend, wie die anderen, vor allem die um die zehn, die potentiellen Eltern kreuzbrav begrüßten, lieb Händchen gaben, sich ungelenk höflich anstellten, alles aufboten, um Frau Pflegemutter und ihrem Mann zu gefallen. Wie kleine Hündchen im Asyl überboten sie sich darin, wer die wohlmeinenden Käufer am goldigsten ankläffen konnte. Plötzlich putzten sich alle die Zähne und legten die Haare in spießige Scheitel. Dir konnte das Theater gestohlen bleiben: Erstens warst du schon zu alt, von Pflegeeltern noch für attraktiv befunden zu werden; sie wollten meist Jüngere, die sich noch kneten ließen. Und zweitens warst du schon mal in einer Pflegefamilie gewesen, und dein Glaube an die Menschheit hatte dort eine empfindliche Delle bekommen. Dein Glaube an die Menschheit, die Liebe, dich selbst, alles Mögliche. Darum also: nein, danke, merci.

Den ganzen Morgen über war Gianna nervös gewesen, noch weniger gesprächig als sonst, sie hatte gefrühstückt wie ein Spatz. Nachdem die Tische abgeräumt waren, hatte sie sich auf ihrem Zimmer eingeschlossen, um es erst wieder zu verlassen, als die Pflegeeltern in spe da waren. Strahlend sah sie aus. Die Nägel lackiert, türkis, ihr damals noch langes Haar in einem Zopf. Sie trug ein leichtes Sommerkleid, in dem noch niemand sie zuvor je gesehen hatte, und an der Art, wie sie die potentiellen Pflegeeltern begrüßte, konnte man ablesen, dass sie nicht ganz jeder Erziehung entbehrte. Nicht ohne Erfolg, denn die potentiellen Eltern schenkten Gianna deutlich mehr Aufmerksamkeit als jedem anderen Kind, auch wenn sie noch so sehr versuchten, sich keine Vorlieben anmerken zu lassen. Es war nicht zu übersehen. Auch Gianna muss es gespürt haben, beim Abendessen war ihr Appetit zurückgekehrt und ihre Lust zu reden so groß, dass sie sogar mit dem Mund voller Bratwurst lossprudelte. »Wie fandest du die Leute? Sahen doch freundlich aus, oder? Sie sagten, sie hätten ein Haus mit Garten. Und einen Hund. Und ein Klavier. Ich hab noch nie drüber nachgedacht, aber eigentlich stell ich's mir ganz nett vor, Klavierspielen zu lernen …«

Von den Pflegeeltern in spe hatte man nie wieder etwas gehört, und jemand, es muss der dicke Ludo gewesen sein, meinte: »Letztlich läuft's doch immer aufs Gleiche hinaus: Alle wollen lieber einen Neger oder ein Schlitzauge adoptieren.«

Gehust und Geräusper, der Pfarrer hatte sich am Fußende von Giannas Sarg postiert – zumindest nahmst du das an, im Grunde wusstest du nicht, wo sie mit dem Kopf lag, du wusstest nicht mal, ob noch viel davon übrig war, oder von ihren Beinen, nach dem Sprung – und begann, das Weihrauchfässchen zu schwenken. Du merktest, dass ihm das Spaß machte, er kam sich bedeutend vor, ein Schamane, ein geistiger Führer.

Und er sprach seinen Zauberspruch mit aller Bedeutungsschwere, die er nur hineinlegen konnte:

»Herr, lass ihre Hoffnungen in Erfüllung gehen. Nimm Gianna auf in deine allumfassende Güte. Belohne ihre guten Taten mit deinem himmlischen Frieden und deiner himmlischen Freude …«

Jetzt musste es geschehen. In diesem Moment, so nahmen die Gläubigen an, würde Gianna zum Himmel aufsteigen. Dort erschien sie vor den Pforten des ewigen Lebens, mit ihren türkis lackierten Nägeln, ihrem Haar, raffiniert wie Weidengerten geflochten, eine römische Jungfrau, gekleidet nach der Mode des ewigen Sommers, leicht nervös vor dem graubärtigen Auswahlkomitee unter Vorsitz des heiligen Petrus, den sie auf eine Weise begrüßte, die Spuren kleinbürgerlicher Erziehung verriet. Sie bräuchte nur noch zu warten auf seine erlösenden Worte, die Verkündung des Prüfungsergebnisses, und ein Chor von Engeln würde sie ins Paradies geleiten, die Märtyrer würden sie empfangen und ins Allerheiligste führen …

»Wir segnen ihren Leib als Zeichen unserer menschlichen Hoffnung, dass Gott der Herr, der alles neu macht, auch diesen Menschen zum ewigen und unvergänglichen Leben wiedererschaffen wird. Wir verbrennen Weihrauch, um ihr Andenken zu ehren …«

Du versuchtest dir vorzustellen, wie Gianna wohl wirklich in ihrem Sarg lag, und bekamst einfach kein Bild. Wie sah jemand aus, der aus dem Fenster gesprungen und eine Sekunde später fünfzehn Meter tiefer auf den Boden geschlagen war?

Die mögliche Antwort kam unerwartet einige Jahre später, inzwischen warst du mehr als doppelt so alt. Dein Leben war eine Fassade geworden, wenn auch eine strahlende. Du hattest mehr, viel mehr vom Leben bekommen, als du als Heimkind zu träumen gewagt hattest, und damit jedes Recht auf Klagen verwirkt. Du hattest allen Erwartungen ein Schnippchen geschlagen und warst den Fängen von Kriminalität und Sozialhilfe entronnen. Kein Psychiater, keine Unterstützungsinstanz hatte einen Ordner über dich anlegen müssen. Mehr noch, du hattest ein Haus, eine Karriere, ein Kind, dem du zwar alles andere als ein guter Vater warst, das von dir aber immer noch mehr Liebe bekam, als du je selbst von deinen Eltern erfahren hattest. Ein hübscher, lieber, lebensfroher Junge, den du nicht in einem Heim zu deponieren brauchtest, weil es eine Mutter gab, die für ihn sorgte, dieses Verdienst kam jedenfalls nicht dir zu. Und trotzdem. (Was »trotzdem«, Nase?) Du warst in eine öde Bürgerexistenz hineingerutscht, deren Sitten und Bräuche du nicht beherrschtest, deren unleugbare Segnungen du aber gern genossest. So trankst du Abend für Abend brav deinen halben Liter Roten, gerade noch die richtige Menge, um dir weismachen zu können, dass du deine Beziehung zum Alkohol im Griff hattest. Glücklich warst du nicht, doch natürlich dankbar für das, was du bekommen hattest, und so schlossest du einen Kompromiss mit dem Leben: Du spieltest dein Glück. Die Requisiten waren in Fülle vorhanden, nicht jeder konnte das von sich sagen. Du musst ein recht ordentlicher Schauspieler gewesen sein, den Reaktionen nach zu urteilen, die du aus deiner Umgebung bekamst, als du – für sie überraschend – den Entschluss fasstest, das Schmierentheater zu beenden.

Das Haus, das du bewohntest (und dessen Sklave du langsam wurdest, weil jeden Tag etwas anderes repariert werden musste), war nach einer Scheidung zum Kauf angeboten worden, und sicher wäre es bald wieder so weit; der Makler hatte vor allem die

Lage gepriesen, hervorragend geeignet für Misanthropen und Eremiten, mit Aussicht auf ein Tal voll schweigender Bäume und, in der Ferne, wenn du die Brille aufsetztest, eine Brücke. Mit Vögeln kanntest du dich nicht aus, du konntest, um nur ein Beispiel zu nennen, keinen Zilpzalp von einem Kleiber unterscheiden, aber du mochtest es, die gefiederte Bande mit dem Fernglas zu beobachten. Du brauchtest nicht alles in der Natur benennen zu können, um es zu genießen. Ab und zu schweifte dein Blick mit dem Fernglas hin zu der Brücke, wo es außer Straßenarbeitern selten etwas oder jemand zu sehen gab. Vorbeischießende Wagen, was sollte es sonst geben? Bis du eines Tages eine Frau von der Brücke springen sahst. Du hattest sie so deutlich und scharf im Visier, dass du sofort sahst: Es war eine Frau. Völlig gerade lag sie in der Luft, wie mit der Wasserwaage justiert, Gesicht nach unten, Arme gespreizt. Fallschirmspringer trainieren diese Haltung. Ihre Kleidung muss deine Aufmerksamkeit erregt haben: königsblauer Pulli, genau die Sorte Blau, die aus deinen Füllern strömte, mit denen du auch nach allgemeiner Einführung des Computers immer noch schriebst.

Dein erster Gedanke? Neun Komma acht eins Meter pro Sekunde zum Quadrat. Der Wert der Beschleunigung eines beliebigen Körpers auf der Erde, den eine gewisse Frau Trommelmans dir im letzten Jahr auf der Schule eingetrichtert hatte und der dir noch immer im Kopf herumschwirrte, ohne dass du ihn auch nur einmal gebraucht hattest. Noch andere Zahlen geisterten nutzlos in dieser speziellen Gedächtnisabteilung herum: der Anfang der Zahl Pi, 1035 (der Buchungscode für Abschreibungen in einer Gewinn- und Verlustrechnung), 29 (die Ordnungszahl des Elements Kupfer), 1453 (das Jahr, in dem Konstantinopel fiel) … Und plötzlich leuchtete diese Zahl, die neun Komma acht eins Meter pro Sekunde zum Quadrat, in deinem Kopf auf, und die Gelegenheit bot sich, deren jahrelanger Aufbewahrung in deinem Hirn wenigstens nachträglich noch einen Sinn zu geben. Der Scheitel der Brücke befand sich zweiundfünfzig Meter über dem Boden, das wusstest du, weil dieses Bauwerk einen gewissen Stempel auf die Architekturgeschichte deines Geburtslands gedrückt hatte und die Bewohner im Schatten des Betonmonsters die Höhe jedem im Schlaf vorbeten konnten. Du konntest also, wenn du wolltest, berechnen, dass die junge Frau, denn alt war sie nicht, auch wenn du sie nur einen Sekundenbruchteil durch dein Fernglas gesehen hattest, ungefähr drei Sekunden gebraucht haben muss, um den Boden zu erreichen. Ungefähr, sagst du, denn für die genaue Berechnung müsstest du, wenn du nicht irrst, den Luftwiderstand und ihr Körpergewicht kennen.

Mit einem Mal begannst du zu schreien, ein kehliger Urlaut, ein paar Sekunden. Und obwohl es nicht den geringsten Grund gab, an eine Rettung zu glauben, und du instinktiv wusstest, dass die junge Frau auch gar keine Rettung mehr wollte, sprangst du doch in dein Auto und fuhrst wie ein Wahnsinniger an den Ort des Geschehens. Du dachtest nicht nach, du handeltest.

Du hattest gehofft, dass schon andere herbeigeeilt wären, doch unter der Brücke war niemand. Du warst der Erste vor Ort, verdammt, du und niemand anders musstest den Körper nun suchen. Sofern noch etwas davon übrig war. Hohes Gras und Unkraut wucherten dort. Und Bäume wuchsen, ein paar. Du schautest dich um, dich fürchtend vor dem, was du vielleicht zu sehen bekämst, ein Häufchen Frikassee womöglich, doch du fandest nichts. Zerfetzt in einer Baumkrone hing sie jedenfalls nicht, du musstest auf dem Boden weitersuchen. Die Angst, sie nicht rechtzeitig zu sehen und auf sie zu treten, ließ dich nicht los. Und als du sie endlich fandest, warst du froh, nicht weil du sie endlich gefunden hattest, sondern weil der Schrecken damit gebannt war.

Nichts war der Leiche anzusehen; eine Frau, und noch jung, in der Tat. Zweiundzwanzig, wie du in den Lokalzeitungen am Tag darauf lesen solltest, und seit ungefähr drei Monaten Mutter. Ein Exheimkind, es überraschte dich nicht, du hättest schwören können, dass du dieses eigentlich bedeutungslose Detail bereits kanntest, als du sie in die Tiefe stürzen sahst.

Kein Tropfen Blut, keine Beule, nichts, alles noch völlig intakt. Nach außen zumindest. Nur tot. Du bekamst eine Ahnung, wie Gianna in ihrem Sarg ausgesehen haben musste, und auf merkwürdige Weise schenkte es dir endlich eine Art Frieden. Etwas war zum Abschluss gekommen, auch wenn du nicht richtig zu sagen vermochtest, was.

Ein wenig später lagst du mit dem Kopf im Haarwaschbecken bei deinem Friseur. »Richtig kurz, und um die Ohren schön frei!«

»Gott allen Lebens«, murmelte der Pfarrer, sein Arbeitstag war beinahe zu Ende, »nimm diese Verstorbene auf in deine ewigen Freuden, segne sie mit deinem ewigen Licht und nähre sie mit deiner lebenspendenden Kraft. Segne auch uns, die wir auf Erden weiterleben, mit deinem Licht und deiner Kraft, auf dass wir unseren Lebensweg hoffnungsvoll fortsetzen mögen. Es segne und behüte uns der dreieinige Gott, der Vater, der Sohn und der Heilige Geist.«

»Amen«, sagten jetzt fast alle.

Musik setzte ein. Panflöte. Zwei Sargträger hätten mehr als genügt, dieses Federgewicht nach draußen zu bringen, doch dem Ritual und der Beschäftigtenrate war besser gedient, wenn sie es zu viert taten. Zu den Klängen von »El cóndor pasa« wurden die sterblichen Überreste von Gianna aus der Kirche getragen, zu ihrer letzten, womöglich gar ersten Stätte der Ruhe. Der Kondor war aufgestiegen. In paradisum.

Die Ankunft am bleichen Morgen

I

Sprechen wir also mal über die Ankunft am bleichen Morgen auf jenem bleichen Platz, wo die Tauben vorläufig noch schliefen, aber schon bald aufflattern würden, erschreckt von den ersten Bussen mit den ersten Pendlern für die ersten Züge des Tages … Die bereits wachen Vögel schlugen die Schnäbel in weichgeregnete Fritten von gestern auf dem feucht blinkenden Pflaster, einen Steinwurf entfernt von den Huren vom Brusselsesteenweg, die dort gelangweilt strickend in ihren Schaufenstern saßen. In den Bahnhofskneipen hingen noch die Odeurs von Pisse und Pils, die eingesabberten, bräunlichen Maden in den Aschenbechern durften noch einen Moment vor sich hin stinken, noch ein klein wenig, denn irgendwo drehte eine Putzfrau sich noch einmal um, in einem Traum sich verlierend wie in einem Gebet, einem Traum, in dem sie keine Putzfrau mehr war, sondern endlich mal selbst die Zigaretten auf dem Boden austreten durfte, neben die Pissbecken pinkeln und singen, so fröhlich, wie nur die Unglücklichen es können, wenn das erste Tageslicht durch Fabrikrauch und Morgennebel kriecht. Ein Traum, in dem es einmal ein anderer wäre, der ihren *Dreck wegmachte.*

SARAH:
Komisch, dass es gleich wieder um Putzfrauen geht. Ich hab nämlich mal eine Prüfung zur Putzfrau gemacht, heutzutage braucht man ja für alles einen Abschluss. Mein Mann hatte schon einen Rahmen gekauft, für die Urkunde, auf Raten, wir wollten sie ins Wohnzimmer hängen und abstauben, wenn Gäste kämen. Aber ich bin durchgefallen. Warum, ist mir bis heute ein Rätsel – was ist so schwer dran, einen Putzlappen zu schwingen? Im Hausdurchsuchungsbericht – im Gerichtssaal haben sie ihn uns vorgelesen – stand, unsere Wohnung wäre ein einziger Saustall. Sie »machte einen ungepflegten Eindruck«, so sagten sie das: »einen ungepflegten Eindruck«. Ich sag zu dem Richter, was wollen Sie, Leute, die den Führerschein nicht bestanden haben, dürfen doch auch nicht Auto fahren, und jetzt verlangt ihr, dass in meiner Bude alles blitzt und blinkt, wo ich nicht mal meine Putzfrauenprüfung geschafft hab. Erst finden die Behörden mich zu blöd zum Putzen, und jetzt so was!

Sarah Smeekens. Eine Zeitung, noch ohne ihren Namen, wehte an dem bleichen, vermaledeiten, dreckigen Morgen über den bleichen Platz, wie ein Papiervogel, der sei-

ne Flügel ausbreitet, aber nie weiter kommen wird als bis in den Rinnstein, wo er nassgenieselt liegenbleibt, um nur noch einmal aufgehoben zu werden, vom Mann der städtischen Reinigungsbetriebe. Der Gestank der nahegelegenen Stärkefabrik machte nie Pause, es war das Erste, was sie gerochen hatten, als sie die Türen ihres Opel Corsa öffneten. Der unauffällige, unspektakuläre Beginn eines großen Ereignisses. Denn etwas *sollten sie in ihrem Leben geleistet, vollbracht haben, etwas, wovon man sprechen würde: ein Ende, ein großes Finale, das noch lange nachhallen würde in den Gesprächen der Einwohner dieser verfluchten Stadt, vielleicht sogar weit darüber hinaus. Darum atmeten sie den Gestank ein wie eine Gastgeberin, die sich dankbar über ein Blumenbukett beugt. Es war der Geruch, mit dem sie geboren waren, sie im Jahr des Schweins, er, ihr Mann, ein paar Jahre zuvor, im Jahr des Hahns. Doch der Geruch war der gleiche gewesen: ein Gestank, den sie schon im Mutterleib wahrgenommen haben müssen, denn wie man hier sagte: Er ging durch Mark und Bein und Schwarte. Die Stärkefabrik hatten sie gerochen, als er ihr die Finger hineinschob, acht Jahre zuvor, im Bolleweg, fünf Straßen von diesem bleichen Platz entfernt, und die Straßen waren dreckig. Sie lagen auf der falschen Seite des Flusses, ebenfalls des falschen, wo das schwarze Wasser der toten Dender in den Kellern steht und die Krümel im Schrank von Ratten gestohlen werden. Leute vom Bolleweg, das waren sie.*

SARAH:
Manchmal spür ich sie noch in mir, diese ersten Finger. Zwei gleichzeitig, und ich dachte: Hier steh ich, und ein Metallbauer wühlt mit seinen Griffeln in mir herum. Als er sagte, er wär arbeitslos, war ich erleichtert. Arbeiter haben immer Dreck unter den Nägeln, und ich kriegte immer so leicht Entzündungen. Schade nur, dass er auf seinen Krallen kaute. Richtig scharfe Kanten hatte er sich gerissen, die schnitten mir ins Fleisch. Aber ich war verliebt, und da nahm ich die Widerhaken in Kauf. Als er fertig war, fand ich, wir müssten unsere Namen mit den Fingern in den Dreck schreiben, der hier an jedem Bus klebt, unsere Namen, mit einem Plus dazwischen. Sarah, fragte er, wie schreibt man das? Mit einem h am Schluss, meinte ich.

Vielleicht empfand sie das als Lichtblick an diesem ekligen Morgen, als der Wind in ihren Haaren spielte und sie endlich die Beine ausstrecken konnte. Die ganze Nacht waren sie mit dem Opel herumgeirrt, von Tankstelle zu Tankstelle, wo sie Energy-Drinks in sich hineinschütteten.

SARAH:
Ich hab gehört, diese Energy-Drinks werden aus Koffein und Stiersperma gemacht. Das kann doch auch nicht gesund sein!

Sie hatten die Namen auf den Planen der Lastwagen gelesen, den Tankern der Landstraßen aus Beton und Asphalt: Houtnatie, Eurospedition, Vos Logistics, Thomassen Transport – on the road with your load, die Poesie des Unterwegsseins, IHRES Unterwegsseins. Alle Wege führen überallhin, doch in dieser Nacht mussten er und sie eingestehen, dass alle dem einen Punkt zustrebten, dem fahlbleichen Platz am Bahnhof mit seiner roten Frittenbude und den Bushaltestellen, dem Ort, wo sie einen Teil ihrer Jugend verbracht und verbraucht hatten, und dem Hotel, wo sie um halb fünf Uhr am Morgen klingelten. Der Himmel musste die Farbe eines Putzlappens erst noch annehmen.

SARAH:
Stiersperma – igitt!

Wir wissen, dass unser Ursprung im Wasser liegt. Ist der Mensch vielleicht doch ein Lachs geblieben? Gemacht, dorthin zurückzukehren, wo er geschlüpft ist, zu sterben, wo alles einmal begann? Wie Aale sich in den Gewässern ihrer Jugend paaren? Diadrome Fische, wie das mit einem gelehrten Begriff heißt.

STEFAAN:
Witzig, dass du jetzt von dem Führerschein anfängst. Dem Geschworenenvorsitzenden hat das auch kei-

ne Ruhe gelassen. War der Opel angemeldet, wollte er wissen. Nein, sag ich. War er versichert? Auch nicht, man muss doch völlig bekloppt sein, ein nicht angemeldetes Auto auch noch zu versichern. Ob ich einen Führerschein hätte? Nein, sag ich, auch nicht, aber ich kenn Leute, die einen haben, und bei denen ist das absolut kein Zeichen, dass sie auch fahren können. Ob das Auto abbezahlt wär? Nein, sag ich. Nach und nach kriegte ich das Gefühl, ich säß da, weil sie mich an ’ner roten Ampel geblitzt hätten. Womit hatte der Typ ein Problem? Wenn ich nicht vorhabe, mit einer Karre einen Unfall zu bauen, warum sollt ich sie dann versichern? Ich mein, ein Auto gegen Unfälle versichern, hat das nicht auch was Vorsätzliches?

Stefaan Cools heißt dieser junge Mann, und wegen eines Verkehrsvergehens stand er wirklich nicht vor Gericht. Sie nannte ihn Bolleke. Bolleke vom Bolleweg.

Die Hotelwirtin streckte den Kopf aus dem Schlafzimmerfenster, Lockenwickler, wie aus Stein gemeißelt, über einem Morgenmantel, und sah sie unten vor der Tür stehen: einen Mann und eine Frau, ein dreimonatiges Baby und einen etwas älteren kleinen Jungen mit einem pistaziengrünen Rotzfaden an der Nase und Schlafsand in den Augen, den er mit noch müden Fäustchen wegzuwischen versuchte.

STEFAAN:

Guten Morgen, junge Frau, sag ich also zu ihr, ich konnte den Leuten ja schon immer gut Honig ums Maul schmieren. Guten Morgen. Wir sind hier zu viert. Meine Frau, ich und unsere zwei Kinder. Haben Sie vielleicht ein Zimmer für uns, für ein paar Tage? Unsere Heizung zu Hause ist kaputt.

Hotel Den Bareel hatte noch nicht geöffnet. Der erste Zug nach Brüssel rumpelte schon in den Bahnhof, doch die Türen des Hotels blieben vorläufig geschlossen.

STEFAAN:

Um sechs Uhr wiederkommen, sagen Sie? Aber wir stehen hier mit zwei kleinen Kindern, es ist eiskalt, wir sind müde, und wir haben Hunger …

Okay, verstehe. Wir kommen um sechs Uhr zurück, bis dahin fahren wir noch ein bisschen herum, im Auto ist es wärmer.

Es war Januar, in dieser Stadt des Karnevals genauso wie irgendwo anders. Die Melancholie von Weihnachten und Neujahr steckte noch allen in den Knochen, der Rückblick auf das verblichene Jahr war für die Menschheit wieder kein Vergnügen gewesen, und von all den Vorsätzen, die immer ernsthaft gefasst werden, war schon nicht mehr viel übrig, obwohl man gerade das von Stefaan Cools und Sa-

rah Smeekens nicht sagen konnte, die um sechs Uhr zum Hotel zurückkehrten, um ihren Vorsatz für das neue Jahr sowie alle Zukunft zu verwirklichen, nämlich: ihre Kinder zu töten und dann, vielleicht, eventuell, sich selbst.

Gwendoline Cools, das dreimonatige Baby, Gewicht fünf Kilo und ein paar zerquetschte, würde das Hotel in einem Leichensack von der Größe eines Netzes Kartoffeln verlassen. Ihre Mutter hatte sie erstickt, mit einem Kissen, auf das sie sich mit vollem Gewicht setzte, während der Fernseher lief. Das war am Mittwoch, schon immer ein hoffnungsvoller Tag, so schön mittendrin auf halbem Weg zum Wochenende. Am Samstag würde Dominique Cools, der Sohn, sieben denkwürdige Winter zählend, mit einige Stunden alten Leichenflecken aus demselben Hotelzimmer getragen werden. Erstochen mit einer Schere, die ihm der Vater in den Rücken gerammt hatte, während der Junge auf dem Geborgenheit versprechenden Bauch seiner Mutter lag, die Hände in ihre Unterarme und Hinterbacken gekrallt und immer weiter gekrallt, bis er nicht mehr konnte.

SARAH:

Wenn man so drüber nachdenkt, Bolleke, hat das Ganze doch eine gewisse Logik. Schau, ich hab Nähen und Zuschneiden gelernt, und du hast bis achtzehn eine Lehre als Metallbauer gemacht. Da braucht sich doch niemand zu wundern, dass wir unseren Dominique mit einer Schere aus Eisen umgebracht haben? Unser beider Leben kam in der einen Schere zusammen. Wie die zwei Klingen.

STEFAAN:
Stimmt, ein bisschen so wie bei Jesus, der wurde an ein Holzkreuz genagelt. Und das bei ’nem Zimmermannssohn!

SARAH:
Boah – schlau bemerkt!

Schlau bemerkt?

STEFAAN:
Wir wollten unsere Probleme auf einen Schlag lösen und dachten, dann rotten wir unsere Familie am besten gleich ganz aus. Aber es ist nicht fair. Es gibt Leute, die machen Kinder, um ihre Ehe zu retten. Da sagt keiner was, das darf man. Kinder darf man in die Welt setzen, aus welchem Grund auch immer. Aber wenn einer seine Kinder kaputtmacht, um endlich aus dem ganzen Schlamassel herauszukommen, landet er vor Gericht. Alle hacken auf uns herum.

Es war wirklich sechs Uhr, als die Hotelwirtin die Daten aus Stefaans und Sarahs Ausweisen in ihr Gästebuch übertrug, und sie konnte dabei, wie sie später der Polizei erklären sollte, an den Gesichtern der beiden absolut nichts ablesen, nichts Beunruhigendes jedenfalls. Sie las viel, niemals Bücher, aber dafür Gesichter. Jeden Tag zogen ganze Romane in ihrem Frühstücksraum an ihr vorbei, ab und zu auch ein hübscher Bengel mit Schlips, der wegen seiner Arbeit in diese stinkende Stadt kam, Gedichte, Novellen oder wie das ganze Zeug heißt. Aber an den Gesichtern der beiden? Nein, Herr Inspektor, tut mir leid, absolut nichts. Klar, die Leute waren müde, aber das waren alle, die einen vom Leben und die anderen von ihrer Arbeit, und es war noch früh, der Morgen suhlte sich noch in seinem eigenen, tiefschwarzen Dunkel.

Sie hatte ihnen das größte Zimmer gegeben, wegen der Kleinen. Einundzwanzig Grad Zimmertemperatur. Baby Gwendolines Körpertemperatur sollte noch vierundzwanzig Grad sein, als sie drei Tage später aus dem Zimmer getragen wurde.

SARAH:
Ich kenn Leute, die würden Geld dafür geben, irgendwo zu leben, wo es immer vierundzwanzig Grad sind.

II

STEFAAN:
Es war 'n richtig schickes Zimmer.

SARAH:
Und das für 79 Euro die Nacht, inklusive Frühstück. Das war wirklich geschenkt.

STEFAAN:
Ich sagte zu unserem Dominique: Zieh deinen Schlafanzug an und leg dich ins Bett. Er war schon ein großer Junge, er konnte diese Sachen alle schon selbst.

SARAH:
Du hast es ihm nicht gesagt, angeblafft hast du ihn. Und aus dem Fenster gesehn, den Rücken zu ihm. Also hab ich gefragt: Was gibt's denn da zu sehen?

STEFAAN:
Herrliche Aussicht. *A Room With a View* – oder wie hieß der Film gleich wieder? Auf dem Bahnhofs-

platz liefen die ganzen Idioten herum, die zum Zug hetzten. In genau soundso viel Minuten und soundso viel Sekunden mussten sie in Brüssel sein, wo sie dann mit ordentlich gebundenem Schlips, den obersten Hemdknopf geschlossen, auf einen Computer eintippen. Ich roch ihre Magengeschwüre bis hoch zu uns.

SARAH:
Das glaubst du doch selbst nicht!

STEFAAN:
Mensch, Sarah, du stinkst aus dem Schritt. Sagte ich. Ich kriegte fast keine Luft mehr von dem Geruch.

SARAH:
Konnte gut sein, ich hatte gefurzt. Vor Freude, wie Hunde. Wie war das Minibarangebot?

STEFAAN:
Dosenbier. Whisky und Gin in winzigen Fläschchen. Goldig, bloß betrunken wurde man davon nicht. Und frag nicht nach den Preisen!

SARAH:
Hieß ja auch Minibar, oder? Und was noch?

STEFAAN:
Studentenfutter, ein Zwergtütchen Chips, kurz vorm Verfallsdatum übrigens, drei Pralinen, eine Miniaturflasche Beaujolais und ein Korkenzieher.

SARAH:
Ich hatte Hunger. Mir knurrte der Magen.

STEFAAN:
In einer halben Stunde konnten wir frühstücken. Ich hoffte auf Eier mit Speck. British Breakfast, mit diesen schmierigen Bohnen, die aussahen wie schon mal gegessen. Aber ganz lecker, manchmal.

SARAH:
Und dann sah ich das Bad. Wow, das müsstet ihr sehen! Da stand so ein Ding drin, wie hieß das gleich noch?

STEFAAN:
Kloschüssel?

SARAH:
Um dir den Po mit zu spülen, wenn du gekackt hast. Ein Bidet, das Wort hab ich gesucht. Bidet. Echt was für reiche Leute.

STEFAAN:
Ist das nicht eher für die Füße?

SARAH:
Na-hein! Damit spült man sich den Po sauber. Witzig, das kitzelt, musst du auch mal probieren.

STEFAAN:
Themenwechsel! Hattest du unseren Hund gesehen?

Richtig, wir hätten es beinah vergessen, einen Hund hatten sie auch noch. Einen fusseligen Yorkshireterrier, der auf einen Namen hörte – wenn er hörte –, der in den Gerichtsakten nicht vermerkt ist. Wahrscheinlich hatten sie ihn aufs Zimmer geschmuggelt, weil sie dachten, Haustiere seien im Hotel verboten, vielleicht in der Wiege der Kleinen, als sie den Fahrstuhl ins oberste Stockwerk nahmen. Der Hund, ach, was soll's, nennen wir ihn Pouddy, sollte seine Fußnote in dieser Geschichte erst einfordern, als das Blut im Teppichboden bereits vor sich hin trocknete und drei stämmige Polizisten die verbarrikadierte Tür einrammten. Das Zimmermädchen kam hinter ihnen, und das Erste, was die junge Frau sah, war der Hund, zu ihrem Erstaunen, da sie sich zu Recht fragte, wie ihr Hund auf das Zimmer gekommen war. Sie nahm ihn auf den Arm und trug ihn hinunter, um kurz darauf zu nie-

mand im Besonderen, aber doch laut vernehmlich zu sagen: Jetzt scheiß mich an, warum hab ich nun zweimal denselben Hund?

SARAH:
Ein Zufall, die Leute vom Hotel hatten wirklich genau denselben wie wir. In einem Film würd kein Mensch einem das glauben.

STEFAAN:
Warum hatten wir das Vieh eigentlich mitgenommen? Was wollten wir mit dem Hund machen? Wie sollte das funktionieren? Mit so einem Köter muss man regelmäßig vor die Tür. Er konnte doch nicht einfach bei uns im Hotelzimmer auf den Teppich scheißen?

SARAH:
Setz ihn in die Dusche, hab ich gesagt. Da läuft alles in den Abfluss, und hinterher geh ich mit der Brause drüber. Wenn wir ihm einen Löffel Olivenöl geben, wird sein Stuhl weicher, und dann geht das ganz leicht.

STEFAAN:
Könnten wir ihn nicht einfach in die Minibar stecken, dann würde er nicht so stinken?

SARAH:
Also, nee, ich wollte den Hund nicht sehen müssen, wenn ich mir mal ein Bier rausholte. Übrigens hatte ich plötzlich mordsmäßig Lust, richtig durchgevögelt zu werden. Vor Stress oder wegen irgendwas anderem, ich weiß nicht, vielleicht auch vor Aufregung, jedenfalls war ich rattig wie sonst was. Aber du bist so nervös durchs Zimmer gelaufen, ich wette, du hättst gar keinen hochgekriegt.

STEFAAN:
Ich wusste nicht mal, ob unser Kleiner schon schlief, ganz zu schweigen davon, ob ich Lust hatte, dich irgendwie durchzuvögeln.

SARAH:
Du hättest ihn doch stinknormal fragen können: Schläfst du schon, Kleiner? Hat dich das Hotelzimmer denn gar nicht angetörnt?

STEFAAN:
Hotelzimmer sind Hotelzimmer.

SARAH:
Hab nie was andres behauptet. Hotelzimmer sind Hotelzimmer.

STEFAAN:
Und überall hängt ein Monet über dem Bett. Egal ob in Amsterdam, in Paris oder in Aalst, über dem Bett hängt ein Monet.

In der Tat ähneln Hotelzimmer sich überall auf der Welt, darin liegt ihre Tragik. Jedes Hotel könnte genauso gut irgendwo anders auf der Welt stehen, Hotels blenden die sie umgebende Stadt aus, sie sind universell, weil sie überall ein Stück Nirgendwo sind. Und wenn Leuten vom Bolleweg auch niemand die Kenntnis französischer Impressionisten zutrauen würde, es sei jedem verziehen, Stefaan wusste tatsächlich, wer Monet ist, wie er auch Amsterdam kannte und Paris. Stefaan Cools, geboren von einer Fünfundfünfzigjährigen aus dem letzten Ei ihrer schon erschöpften Gebärmutter. Er sollte früh Waise werden, doch nicht früh genug, um nicht erleben zu müssen, wie sein besoffener Vater seine runzlige Mutter regelmäßig zusammenschlug, wie es in den Häusern am Bolleweg öfter geschah. Die Wohnungen waren zu klein, um die ehelichen Reibereien vor den Kindern geheim zu halten, in diesem Fall sechs, von denen Stefaan der Jüngste war. Ein Mädchen und fünf Jungs. Nach dem Tod seiner Eltern hatte er noch eine Weile bei seiner Schwester gewohnt.

STEFAAN:
Hunde haben einen Namen, Fische im Einmachglas manchmal, und Schwestern, die haben auch einen. Meine hieß Jacqueline.

Wie lange haben Sie bei Ihrer Schwester denn gewohnt, Stefaan?

STEFAAN:
Ungefähr neun Monate oder so.

Ungefähr neun Monate … Und wie kam das, dass Sie danach in die Erziehungseinrichtung eingewiesen wurden?

STEFAAN:
Mit mir konnte meine Schwester nicht in die Disko. Und die Jungs hatten auch keine Lust auf Vögeln, solange sie auf mich aufpassen musste. Und weil sie nun aber gevögelt werden wollte, fiel ihr die Entscheidung nicht schwer.

Ihre Schwester konnte mit Ihnen nicht in die Diskothek gehen. Und aus der Erziehungseinrichtung sind Sie dann in eine Pflegefamilie gekommen, was man ja immer versucht, bessere Chancen, nicht wahr, aber lang sind Sie auch dort nicht geblieben.

STEFAAN:
Ich hielt's da nicht aus.

Und warum nicht?

STEFAAN:
Ich hatte Eingewöhnungsprobleme.

Und was war das, woran Sie sich nicht gewöhnen konnten?

STEFAAN:
Es gab da zu viele Regeln, die mir nicht passten.

Zu viele Regeln, die ihm nicht passten, genau. Danach kam Stefaan von einer Einrichtung in die nächste, von Geylemaarte nach Averbode, von Averbode nach Kalken, von Kalken wieder nach Geylemaarte, hin und her, wie ein Jo-Jo, bis er beschloss, wegzulaufen. Erst nach Amsterdam, wo er drei Wochen auf der Straße lebte, dann nach Paris, der Stadt des Lichts und der Leichtigkeit, von dem Geld, das er mit ein paar kleinen Dingern verdient hatte. Fast achttausend Euro. Ein monströser Betrag für einen Minderjährigen. Mit dem Geld kam er genau einen Monat aus, dann war es alle, und er meldete sich bei der Belgischen Botschaft. Zu dem Zeitpunkt war Stefaan Cools vierzehn und musste seinen ersten Pickel noch ausdrücken.

STEFAAN:
In Paris ist alles wahnsinnig teuer, selbst eine Cola. Ich versteh nicht, warum so viele Leute da wohnen wollen. Über zehn Millionen, laut Wikipedia.

Wo in Paris haben Sie denn gewohnt, Herr Cools? Unter den Brücken, wie Sie sich's romantisch vorgestellt hatten, eine Flasche Wein im Gepäck und einen Hund mit ein paar Flöhen als Reisebegleiter?

STEFAAN:
Ich war da immer in einem Hotel.

SARAH:
Hey, Träumer, ich wollte wissen, ob das Hotelzimmer dich nicht angetörnt hat, mich zu ficken?

STEFAAN:
Red nicht so ordinär.

Ordinär? Das müssen wir nuancieren: Irgendwo zwischen armem Luder und ordinärem Weib mäanderten die Lebensläufe der Sarah Smeekens. Doch nun wollen wir der schwierigen Frage nicht länger ausweichen, warum die beiden samt Kindern in ein Hotel gezogen waren, oder wenn nicht aus eigenem Antrieb, warum das Schicksal sie an dem bleichen Morgen dorthin gezogen oder, noch besser, gesaugt hatte; wie sie zu Menschen wurden, denen der Name Monet etwas sagte, warum ihnen der Name Monet vielleicht sogar einfiel, wenn sie an einer Tube Farbe schnüffelten, und warum sie ihre zwei Kinder nicht zu Hause ermordeten, was erstens viel einfacher, und zweitens 79 Euro pro Tag billiger gewesen wäre.

Auch Sarah war ziemlich früh in ein Heim gekommen. Viel Elend passt in wenige Sätze, wir fassen uns kurz. Sie war zwei, als ihre Eltern sich scheiden ließen, Bilder der beiden zusammen sind in ihrer Erinnerung kaum mehr zu finden. Ihren Vater sah sie nur gelegentlich, weil er so viel zu tun hatte. Was ihr Leben mit einem Märchen verband, war, dass auch ihre Mutter jung starb. Erst als ihr Vater sich wieder verheiratete, lebte der Kontakt zu ihm erneut auf. Mit keiner ihrer Stiefmütter kam sie richtig aus, auch wie im Märchen, sie wurde von ihnen geschlagen und von ihrem Vater, als ihre sexuelle Reife eine volle Hand links und rechts erreichte und er arbeitsunfähig erklärt worden war, regelmäßig vergewaltigt. Erst seine vierte Frau, vielleicht die einzige in Sarahs Leben, der sie den Titel Mutter einräumen konnte, steckte ihr ab und an etwas zu, damit sie die Nacht in einem Hotel verbringen konnte, wo das Keuchen wenigstens aus den Nachbarzimmern kam und nicht aus dem nassen, nahen Mund ihres arbeitsunfähigen Vaters.

Man sieht: Die Hölle des Hotels Den Bareel wurde mit Holz angefacht, das schon lang vor sich hin trocknete.

SARAH:
Aber auf unserem Zimmer war kein echter Monet.

STEFAAN:
Warum soll das kein echter Monet sein? In allen Hotels hängen Monets an den Wänden, sag ich.

SARAH:
Sie hatten einen Fehler gemacht, sie hatten Manet draufgeschrieben.

STEFAAN:
Manet? Mit einem »a«? Die doofen Säcke!

SARAH:
Ja, echt gewieft waren sie nicht. Aber mir gefiel's trotzdem: so 'ne Frau, ungeniert nackt, picknickt im Grünen.

STEFAAN:
Sag mal, ganz was anderes: Das fand ich schon 'n Ding, dass ich erst vor Gericht erfahren musste, dass dein behinderter Vater dich vergewaltigt hat.

SARAH:
Ich hab das nie wem erzählt, ich konnte es nicht. Nicht mal meinem Psychiater.

STEFAAN:
Warum bist du eigentlich zu 'nem Psychiater gegangen?

SARAH:
Ich musste.

STEFAAN:
Du musstest? Wer sagt das? Wenn du wem was zu erzählen hast, bin ich doch der Erste, der das hören muss. Dein Geliebter muss dein Psychiater sein. Warum wäre er sonst dein Geliebter?

SARAH:
Da hast du schon recht, Bolleke. Aber ich musste ja auch erst vor Gericht hören, dass dein Vater wegen Sittlichkeitsverbrechen an Minderjährigen im Gefängnis gewesen war.

Sie hatten einander gefunden, ihre Leben waren aufeinander zugetrieben, miteinander verwoben, verknüpft, verschweißt, in eins gegossen, gedengelt, gehämmert, und nur die härteste Hand konnte diese Verbindung je wieder lösen. Natürlich war es für jeden allein mit dem Leben abwärtsgegangen, erst ganz unten waren sie aufeinandergestoßen. Aber jetzt waren *sie zusammen, wie Sarah dem Richter wiederholt erklärte, es war ihre Antwort auf alles:*

Ich hab ihn geliebt, ich bin ihm in allem, was er wollte, gefolgt. Blinde Liebe nennt es der eine, und er sagt es sogar mit einem gewissen Neid. Blinde Liebe, nur dass der Blindenhund in die falsche Richtung lief. Schwäche nennt es der andere.

Was sagte der Psychiater, der den Anwälten und den Aasgeiern von der Presse die Höhlen und Windungen von Sarahs und Stefaans Denken auseinandersetzen sollte? Was sagte er? Wurden sie für unzurechnungsfähig erklärt? Nein!

Sie waren durchschnittlich intelligent. Sah man die zwei auf der Anklagebank sitzen, sah man zwei Menschen, deren Hirne ganz normal funktionierten. Lediglich an einer soziopathischen Persönlichkeitsstörung litten sie, die paranoiden oder schizoiden Züge wurden zu reinen Nebensächlichkeiten erklärt. Ein irgendwie relevantes psychiatrisches Krankheitsbild sei jedenfalls nicht zu erkennen. Durchschnittlich intelligent.

SARAH:
Was ist das eigentlich, eine »soziopathische Persönlichkeitsstörung«?

STEFAAN:
Im Bad hängt ein Spiegel. Schau da rein, dann weißt du's sofort.

SARAH:
Glaubst du wirklich, dass wir das haben, so eine soziopathische Störung?

STEFAAN:
Ach, irgendeinen Namen müssen sie doch draufkleben. Ob sie selbst eine Vorstellung haben, was es bedeutet?

III

Die Liebe, so wie Sarah Smeekens sie lebte, war absolut. Es war eine Liebe, die darum total sein konnte, weil in ihrem verkorksten Herzen sich nie eine andere festgesetzt hatte. Stefaan Cools füllte sie ganz und gar aus, nahm sie voll in Beschlag, und keine andere Liebe würde sich je neben ihm einnisten. Als sie ihn zum ersten Mal sah, wusste sie: Der wird es, der wird mein Mann. Er war es gewesen, den sie zu sehen gehofft hatte, als sie als kleines Mädchen aus dem Fenster im Nonnenkloster von Aaigem schaute, der ersten ihrer vielen Stationen, wo in den langen Fluren voller Regenmäntel die Heiligenfiguren auf ihren Sockeln standen, aber für die Gebete stocktaub blieben, die sie in ihrem Kämmerchen murmelte. Er war es gewesen, den sie sich erträumt hatte, wenn ihr Vater mit einem Puls von hundertvierzig von ihrem jungen Körper herunterrollte, stets hatte sie an ihn geglaubt, irgendwo musste er sein, ihn zu finden war bloß eine Frage der Geduld. Und als sie ihn endlich auf ihrem verschlungenen Lebensweg fand, gab sie sich ihm hin. Er musste sie nehmen. Er durfte sie essen, sie trinken, bis zum Grund, denn die Trunkenheit würde sie die alte Lieblosigkeit vergessen lassen, und eine Liebe, die Bedingungen stellt, ist keine Liebe. Fand sie. Sie gehörte ihm. Mit Haut und Haar.

Wie die Nonnen, die sie in ihren verkümmerten Kinderjahren erlebt hatte, sich hingaben, wenn sie sich vor dem Herrn demütigten, denn auf ihren Mösen wuchs Moos, wusste ein jeder, sie enthielten sich aller irdischen Freuden, um ihre Reinheit dem Heiland zu schenken, so würde sie sich ihrem Manne hingeben, mit einem lebendigen Glauben, festem Vertrauen, feuriger Liebe und tiefer Demut. Die Hände gefaltet, die Augen zu Boden gerichtet, das Herz erhoben zu Stefaan Cools, den Mund leicht geöffnet, die Zunge auf der Unterlippe, ihn innerlich anflehend: Stefan Cools, heilige meine Zunge! Was musste sie tun, früher, im Kloster von Aaigem, wenn die heilige Hostie ihr am Gaumen kleben blieb? Was antwortete sie den Nonnen? Folgendes: »Ich sammle Mundflüssigkeit, um die heilige Hostie vom Gaumen zu lösen. Mit all meiner Seele bete ich Stefaan Cools an, ihn will ich loben und preisen, ihm gebe ich mich ganz und gar hin, und ich gelobe, ihm allzeit treulich zu dienen.«

Heimkinder, so würde später im Gutachten stehen, seien von Natur aus ausweichend und misstrauisch. Von Natur aus. Die Nonnen jedoch, die ihr die Worte für die totale Hingabe eingebläut hatten, eine religiöse Hingabe, die sie letztlich auf ihr Liebesleben projizierte, die Nonnen, die ihr die Weihung und Aufopferung vorgelebt und befohlen hatten, diese Nonnen wurden natürlich nie vor den irdischen Richter gerufen.

IV

STEFAAN:
Jedenfalls fand ich's langsam echt Zeit, höchste Zeit, dass wir's angingen.

Es angehen … Tatsächlich hatten Sarah und Stefaan seit ihrer nächtlichen Irrfahrt nicht mehr darüber gesprochen. Die Tat. Die Kinder töten und danach sich selbst. Es war eine Idee gewesen, vielleicht nicht einmal ernst gemeint, nur hervorgestoßen in einem Moment, in dem man der Härte des Lebens harte Worte entgegenschleudern möchte. Wer hat in einer wilden Anwandlung noch nie damit gedroht, sich das Leben zu nehmen? Eine Äußerung wie ein stinkender Furz, der einem unversehens entfährt. Und Sarah und Stefaan hatten ihn fahrenlassen, hatten gesagt, sie würden sich umbringen, die ganze Familie ausrotten, und es hatte erleichtert. Dieser Satz, achtlos dahingesprochen und zu dem Zeitpunkt noch ohne konkrete Bedeutung, stieg ihnen in die Nüstern, sie schnüffelten und rochen den Rausch der Befreiung, den er ihnen schenkte. Erst müssten sie sterben, um leben zu können. Irgend so was.

Wir können nur raten, ob dieser Satz ihnen schon durch den Kopf spukte, als sie einen Monat zuvor mit ihren Kindern wieder einmal die Nacht auf dem Bahnhof von Gent St. Pieters verbracht hatten, neben den Obdachlosen im selben Pissegeruch, und die Bahnpolizei sie fragte, ob sie kein Zuhause hätten. Doch, hatten sie, zumindest eine Mietwohnung, natürlich besaßen sie eine feste Adresse. Niemand kann sagen, ob der Tod schon damals ihr heimliches Reiseziel war, sie wussten nicht, wohin, der letzte Zug hatte den Bahnhof schon vor einer Weile verlassen. Hatten sie da schon die Absicht? Sich vor einen Zug zu werfen? Man weiß ja: Einmal vom vertrauten, sicheren Weg abgekommen, springen Leute leichter vor *einen Zug, als ihn zu nehmen, sie wählen das Nichtsein als Dasein. Und ist das auch der Grund – denn jedes Hirn ist ein einziges rätselhaftes Gebrodel –, warum sie sich an jenem totenbleichen Januarmorgen zufällig-unzufällig ein Zimmer mit Aussicht auf trostlose Bahngleise aussuchten?*

Sie würden es angehen, es gibt Dinge, die braucht man nicht zu benennen, und Sarah verstand denn auch sofort, was Stefaan meinte.

SARAH:
Vielleicht sollten wir uns das Baby zuerst vornehmen. Das müsste einfacher sein. Klein und wehrlos. Könnten wir erst noch ein bisschen üben, bevor wir nachher unseren Sohn ermorden.

STEFAAN:
Und was machten wir so lange mit ihm? Die Frage ging mir nicht aus dem Kopf. Er brauchte doch nicht zu sehen, wie wir sein Schwesterchen abmurksten. Das würde es nicht grade erleichtern, wenn wir uns nachher ihn vorknöpften.

SARAH:
Ich meinte: Schicken wir ihn doch ins Bad.

STEFAAN:
Eine bessere Idee hatte ich auch nicht.

Er war ein freundlicher Junge, alle sagten es hinterher, seine Lehrerin und das Hotelpersonal. Still, aber freundlich. Fast schon merkwürdig freundlich. Antwortete immer ganz knapp, das Kerlchen, was selten wird, denn die Jugend von heute … na ja.

Solche Jungs, die gab es heutzutage eigentlich nicht mehr, sagte die Hotelwirtin später mit einem Kloß im Hals vor Gericht. Jeder hätte geschworen, dass der Kleine anständig erzogen wurde. Vielleicht streng, aber anständig. Und korrekt.

Ein Junge, wie es ihn eigentlich nicht mehr gibt, geht ohne Widerworte ins Bad, lässt warmes Wasser in die Wanne laufen und seift sich ein.

SARAH:
Wir fragten uns, wer von uns beiden es machen sollte.

STEFAAN:
Ich würde es tun.

Wie macht man ein Baby kaputt?

SARAH:
Da sagst du was. Wie macht man ein Baby kaputt?

STEFAAN:
Ich würde es in der Matratze ersticken.

SARAH:
Du brauchst nicht so laut rumschreien, sonst hört es Dominique noch im Bad!

STEFAAN:
Alles in Ordnung da drin, Dominique? Ich wollte ihn beruhigen, wissen Sie? Ist das Wasser okay? Und gut einseifen, Großer, dass ich nachher keinen Dreckfitzel mehr seh!

SARAH:
Soll ich dir helfen?

STEFAAN:
Meine Güte, du tust, als würde das Baby dreißig Kilo wiegen. Ich pack's schon. Du kannst ruhig weiter fernsehen, dann erzählst du mir hinterher, was passiert ist, und ich kann noch folgen, wenn wir zusammen weitergucken.

Er drückte die drei Monate alte Gwendoline mit dem Gesicht in die Matratze, das stimmt. Und die Mutter schaute so lang weiter fern. Doch daraus zu schließen, sie hätten das Kind kaltblütig ermordet, wie man einem Huhn oder einem Truthahn den Hals umdreht, einem Fisch den Kopf abschneidet oder einem Kaninchen das Genick bricht und das Fell über die Ohren zieht, bis es rosa und feucht blinkend dahängt …

STEFAAN:
Ich konnte es nicht.

SARAH:
Plötzlich dachte ich, du sprichst Chinesisch.

STEFAAN:
Dabei hattest du jedes Wort ganz genau verstanden: Ich konnte es nicht, ich kriegte es nicht hin, Punkt. Ich drückte ihr Gesicht immer tiefer in die Matratze, aber das Kind wollte einfach nicht sterben. Hätten

wir es nicht ermordet, wäre es hundertfünfzig geworden, so störrisch krallte es sich an sein Leben. Ich hatte gedacht, es wär leicht, ein Baby zu ersticken, ey, aber ich hatte das unterschätzt. Die Matratze war zu weich, sie gab unter dem Gesicht nach, denke ich. So ein Beschiss: Ein Hotel mit zwei Sternen, und dann so weiche Matratzen. Wo doch jeder seit Urzeiten weiß, dass harte Matratzen viel besser fürs Kreuz sind, verdammt!

SARAH:
Ohne Frau sind Männer doch echt keinen Fliegenschiss wert. Nichts kannst du. Nichts! Keine Dachrinne reparieren, keinen Fußboden verlegen, keine Hemden bügeln, kein Spiegelei braten. Nicht mal richtig den Arsch abwischen kannst du dir, und ein Kind totdrücken kannst du auch nicht. Immer muss ich alles machen.

STEFAAN:
Du bist viel fetter als ich.

SARAH:
Was hat das denn nun damit zu tun? Muss man vielleicht fett sein, um eine Dachrinne reparieren zu können?

STEFAAN:
Du mit deinem fetten Hintern könntest dich auf das Kind setzen, so ginge es viel schneller. Na los, für dich wäre es viel einfacher. Da war ich mir ganz sicher. Das sagte mir mein Gefühl.

SARAH:
Wenn ein andrer es macht, ist immer alles viel einfacher ... Na ja, ich kannte meine Verantwortung und sagte: Gib mir die Kleine.

STEFAAN:
Im Bad noch alles im Lot, Großer? Bleib noch ein bisschen im Wasser, dann geht der Dreck besser ab. Ich sagte irgendetwas. Damit der Junge ruhig blieb. Ich wollte mich nicht ganz unnütz fühlen.

SARAH:
Wenn du dich nützlich fühlen wolltest, hättest du aufpassen können, ob die Beinchen der Kleinen noch zucken.

STEFAAN:
Aber ich versuchte, in den Film reinzukommen! Wenn du einfach so sitzen bliebst, wäre es mit dem Zucken ganz schnell vorbei, da konntest du sicher sein. Und überhaupt: Was war bisher passiert?

SARAH:
Passiert?

STEFAAN:
In dem Film. Du solltest mir doch erzählen, was ich verpasst hatte.

SARAH:
Ich hatte nicht gucken können. Hättest du das Baby totgedrückt, wärst du mal 'n Kerl gewesen, hätte ich in Ruhe gucken können und dir nachher erzählen, was bis dahin passiert war.

STEFAAN:
Es war auch egal, ich sah sowieso, dass Hugh Grant mitspielte. Schrecklicher Schauspieler. Dem seine Fresse kann ich mir keine fünf Minuten lang ansehen.

SARAH:
Und plötzlich musste ich furzen. Schon wieder. So viel Luft in den Därmen, seit Tagen, regelrecht chronisch.

STEFAAN:
Na und?

SARAH:
Ich konnte das nicht.

STEFAAN:
Wie – du konntest das nicht? Du machst doch den ganzen Tag nichts anderes!

SARAH:
Ich konnte dem Kind nicht ins Gesicht furzen. Das ging einfach nicht. So was gehört sich nicht, finde ich. Es gibt Grenzen.

STEFAAN:
Sie wird's nicht weitererzählen, da brauchst du dir keine Sorgen zu machen. Außerdem: Konntest du den Furz nicht leise lassen?

SARAH:
Du verstehst nicht: Auch ein leiser Furz bleibt ein Furz. Es ging mir nicht ums Geräusch. Und eigentlich auch nicht um den Gestank. Es ging um die Geste. Jemandem einen Furz ins Gesicht lassen, das ist ordinär, so bin ich nicht erzogen.

STEFAAN:
Stimmt. So bist du nicht erzogen. Du bist überhaupt nicht erzogen.

SARAH:
Kann ich was dafür? Jedenfalls würd ich *meine* Kinder nicht so erziehen, dass sie anderen ins Gesicht furzen.

STEFAAN:
Hundert Punkte, schon wieder. So erziehen wir unsere Kinder auch nicht. Gwendoline und Dominique werden nie wem ins Gesicht furzen.

Vielleicht sollten wir uns das Baby zuerst vornehmen, das müsste einfacher sein. Hatte Sarah gesagt. Und möglicherweise war es tatsächlich einfacher, ein unscheinbares Häufchen Mensch zu ersticken. Technisch gesprochen. Und auch in dem Sinn, dass man dann das Gefühl hat, weniger Leben zu nehmen, in gewisser Weise ist ein Baby doch noch eher so wie ein Haustier. Außerdem war es ein nerviges Baby, eins, das viel schrie, Stefaan hatte sowieso kein zweites Kind mehr gewollt. Auch von der Seite her wäre also alles viel einfacher, das Geheul wäre endgültig verstummt. Aber gleich käme Dominique aus dem Bad und würde fragen, was mit seiner kleinen Schwester los sei, warum sie so still daliege, warum sie die Fliegen nicht von ihren Augen verscheuchte. Sie hätten klüger sein können und Dominique zuerst umbringen.

SARAH:
Plötzlich spürte ich unter mir nichts mehr. Sahst du noch irgendwas zucken?

STEFAAN:
Nicht richtig.

SARAH:
Keine Bewegungen mehr?

STEFAAN:
Auf den ersten Blick nicht, nein.

SARAH:
Sie war dunkelrot angelaufen und tot.

STEFAAN:
Du hattest dein eigenes Baby ermordet.

SARAH:
Du konntest es ja nicht. Jedenfalls hoffte ich, bei unserem Dominique wärst du eine größere Hilfe, denn dass ich nicht allein mit ihm fertigwürde, war schon abzusehen.

V

Drei, vier Tage hat die Babyleiche im Hotelzimmer gelegen. Drei, vier Tage, in denen der kleine Dominique kurz vor seinem achten Geburtstag den Tod demonstriert bekam, wie um sich daran zu gewöhnen. Drei, vier Tage, in denen seine kindliche, doch darum nicht weniger zutreffende Intuition ihm gesagt haben muss, dass etwas nicht stimmte. War der Junge kein einziges Mal beunruhigt oder ängstlich?

STEFAAN:
Deine kleine Schwester ist krank, hab ich gesagt, sie muss schlafen. Lass sie in Ruhe.

SARAH:
Ja, sie ist krank, spiel noch ein bisschen mit deinen Malbüchern, Schatz.

Der Verwesungsprozess bei Neugeborenen verläuft langsam, weil sie noch quasi steril zur Welt kommen, mit leeren Eingeweiden – die ersten Lebewesen, die uns an-

knabbern, sind normalerweise ja die, die wir schon in uns herumtragen. Neugeboren konnte man Gwendoline jedoch nicht nennen, sie war drei Monate alt, und unter anderem aufgrund des Geruchs, der ihren Windeln entströmte, wussten die Tierchen, dass es etwas zu verspeisen gab. Die blaue Schmeißfliege hatte sich in ihr schon eingenistet. Dieses geflügelte Scheusal riecht die bei der Verwesung anfallenden Zerfallsstoffe schneller als der Mensch. Für die Fliege sind das Leckereien. Irgendwo in Gwendolines geöffnetem Mund wurden gerade Horden von Larven geboren – für irgendwen oder irgendwas geht das Leben immer weiter.

STEFAAN:
Hör auf, deine Schwester an den Zehen zu kitzeln, Dominique! Ich hab dir gesagt, sie ist krank. Lieb von dir, dass du sie zum Lachen bringen willst, damit sie schneller gesund wird, aber sie ist zu krank zum Lachen. Lass sie. Spiel mit deinen Malbüchern. Oder guck einen Zeichentrickfilm … Es war wirklich 'ne Riesenanstrengung, den Jungen nicht zu beunruhigen.

Die Goldfliege wurde in der kleinen Gwendoline nicht gefunden. Goldfliegen legen ihre Larven ausschließlich in Wunden frischer Leichen, was bedeutet, dass das Kind ohne blutende Verletzungen erstickt wurde. Darum brauchte die Goldfliege nicht Trübsal zu blasen. Am Samstag würden dem Jungen mit einer Schere Rücken und Lunge aufgerissen, sie würde ihre Larven noch zur Genüge loswerden. Der Körper von Gwendoline wäre bis dahin völlig mit einer grünen Schicht von Bakterien aus ihrem Magen bedeckt.

STEFAAN:
Langsam bekomme ich Hunger. Sollen wir Fritten holen, auf dem Bahnhofsvorplatz war doch die Bude? Ich nehm eine kleine Portion mit Mixed Pickles. Und du?

VI

Welcher Geschworene könnte mit Gleichmut die Tage ertragen, an denen von morgens bis abends, die ganze Woche, vor seinen Augen ein Verbrechen aufgedröselt wird? Zwei Menschen, die, fast könnte man sagen, schon als Schrott aus dem Mutterschoß gekrochen sind, menschlicher Abschaum, Müll, Auswurf, zwei arme Teufel, Versager und Mörder. Eine Woche sitzen sie hinter der Schranke, angeklagt und beklagenswert, und nicken zu Fragen, die sie eigentlich nicht richtig gehört und auch nicht völlig verstanden haben. Eine Woche, in der die Jugend der beiden ausgegraben wird, obwohl sie sie am liebsten noch tiefer verscharrt hätten. Eine Woche, in der alle schmutzige Wäsche nach draußen gehängt wird, ihre Hirne durchkämmt und ihr Hab und Gut reduziert werden auf Nichts-Haben, schon gar nichts Gutes. Eine Woche, in der die Geschworenen beim Verzehren ihrer Brote das purpurne Kindergesichtchen unter den behindernden Hinterbacken der Mutter zu verdrängen versuchen müssen. Doch auch diese Woche geht zu Ende. Am Schluss steht die Schuld fest, die Mörder sind analysiert, nackt bis aufs Hemd, das

Maßband für die Länge des Büßergewands liegt bereit, die Beratungen können beginnen. Denn ins Loch werden die beiden gesteckt werden, das ist gewiss. Doch wie groß wird es, wie kalt und wie feucht, und vor allem: Wie lang müssen sie büßen? Und kurz bevor das Gericht sich nun zurückzieht, stehen die Beschuldigten ein letztes Mal auf, erhalten Gelegenheit, etwas zu sagen, ein Pflaster auf die tödliche Wunde, ein Zeichen von Menschlichkeit aus dem Mund dieser Monster.

STEFAAN:
Ich möchte sagen, dass es mir leidtut, was ich mit meinen Kindern gemacht habe. Und dass sie mir schrecklich fehlen. Und ich wünsche mir, dass meine Frau mir verzeihen kann, für alles, was ich ihr angetan habe.

SARAH:
Ich möchte noch sagen, dass meine Kinder mir ganz doll fehlen und dass es mir leidtut, was alles geschehen ist. Ich wollte, ich könnte die Uhr zurückdrehen.

Frau Smeekens, Herr Cools … die Staatsanwaltschaft hat lebenslänglich gefordert, und lebenslänglich haben Sie bekommen. Sie wurden vollumfänglich für schuldig befunden und erhalten die Höchststrafe, so der Richter. Prak-

tisch bedeutet das, dass Sie bei guter Führung vielleicht schon in zehn Jahren aus dem Gefängnis entlassen werden. Was geschehen ist, ist geschehen. Ihre Kinder kommen nicht wieder, wie hoch die Strafe auch sein mag. Was Sie getan haben, ist unumkehrbar … Nun sei es an Ihnen, das zu verarbeiten, und der Richter hatte Sie ermahnt, die Zeit im Gefängnis zu nutzen, über allerlei Dinge nachzudenken, in sich zu gehen und zu erkennen, wie unglaublich egoistisch Sie sich all die Jahre verhalten hätten. Die Gesellschaft gehe davon aus, dass jeder Mensch sich bessern und zur Einkehr gelangen könne. Dieselbe Gesellschaft, die Sie ständig gemolken und ausgenutzt hätten, glaube noch immer, dass es einen Sinn habe, Ihnen nach einiger Zeit eine neue Chance zu geben. Sie erhielten jetzt reichlich Zeit, um in Ruhe über alles nachzudenken. Es sei die letzte Gelegenheit, nach dem Gefängnis aus Ihrem Leben noch etwas zu machen. Er hoffe, Sie kehrten als Menschen zurück, die sich auch einmal fragten, was sie für andere tun könnten, statt nur immer an sich selber zu denken. Das hätten Sie ja jetzt zur Genüge getan, es werde Zeit, die Perspektive zu wechseln. Ihre Probleme hätten Ihnen immer als Vorwand gedient. Keine Chancen haben im Leben sei immer der einfachste Weg, und dahinter hätten Sie sich nur allzu gern versteckt. Immer habe jemand bereitgestanden, etwas zu geben. Sie wollten nicht arbeiten, denn das Sozialamt winkte mit einem Mindesteinkommen, für das Sie nichts zu tun brauchten. Die Zeit des Nehmens sei aber vorbei, Frau Smeekens und Herr Cools. Wenn Sie je in die Gesellschaft zurückkehren wollten, müssten Sie lernen, mit dieser Gesellschaft zu kooperieren. Er wolle erleben, hatte der Richter gemeint, dass Sie arbeiteten, wenn Sie freikämen, dass Sie Sozialbeiträge zahlten, denn was Sie alles an Sozialunterstützung bekommen hätten, könnten Sie jetzt schon nie mehr zurückzahlen, und wenn Sie sechzig Überstunden pro Woche schöben. Es gebe massenhaft Leute, die weitaus größere Probleme hätten als Sie, deren Kinder aber noch lebten. Die gingen zur Schule und schliefen nicht auf dem Boden. In seinem Gerichtssaal sehe er jede Woche Dutzende, die ihre schwere Jugend nicht als Entschuldigung für ihr unerwachsenes Verhalten benutzten. Diese Chance bekämen Sie jetzt, und zwar von ihm, vom Gesetz und der Gesellschaft: die Chance, endlich erwachsen zu werden. Wenn es Ihnen jetzt nicht gelänge, gelänge es Ihnen nie. Und in der Eigenschaft als normaler Bürger und Mensch hatte er noch hinzugefügt, er hoffe, Sie kämen nie auf die Idee, noch einmal Kinder zu bekommen. Dazu seien Sie nicht geeignet, er glaube nicht, das noch näher erläutern zu müssen.

Hätten Sie das verstanden? Seien die Worte zu Ihnen durchgedrungen?

SARAH:
Bolleke?

STEFAAN:
Ja?

SARAH:
Lebenslänglich. Das wollte ich immer mit dir.

STEFAAN:
Ja.

SARAH:
Schon als ich dich zum ersten Mal sah, mit deinen kaputten Schuhen und deiner kaputten Jacke, im schmutziggelben Licht dieser kaputten Straßenleuchte, da dachte ich: Mit dem will ich lebenslänglich, mit diesem Typen. Endlich ist es so weit.

STEFAAN:
Schön, nicht?

SARAH:
Irrsinnig schön.

VII

SARAH:
Ich war aufgewacht. Draußen hörte ich Leute grölen, betrunken wahrscheinlich, es war die richtige Uhrzeit dafür, und da dachte ich: Stimmt, ich lieg nicht in meinem Bett, wir sind in einem Hotel. Mein Nacken tat weh, die Leiche unserer Gwendoline hatten wir nämlich in einen Kissenbezug gesteckt, und Kissen ohne Überbezug finde ich eklig, vor allem in Hotels, man weiß nie, wer schon alles darauf gelegen hat und was andere in dem Bett getrieben haben. Auf Hotelzimmern machen Leute die verrücktesten Sachen, und das erzählen die vom Hotel einem nicht immer. Also habe ich ohne Kissen geschlafen. Erst als ich meinen steifen Nacken gespürt hab, fiel mir wieder ein, warum wir hier waren. Stefaan lag mit dem Rücken zu mir, und auch Dominique schlief. Jetzt muss ich's tun, dachte ich, und ich hab dem Kleinen eine Decke über den Kopf gezogen, um ihn zu ersticken. Aber er wurde wach und fing an, sich zu wehren. Wäre

ich härter und stärker, wär's da schon mit ihm zu Ende gewesen. Er konnte sich losmachen. Mama, tu mir nicht weh, ich will nicht sterben, rief er. Inzwischen war Stefaan wach geworden: Was machst du da, lass mich schlafen, verdammt. Er konnte es nicht leiden, wenn man ihn aus dem Schlaf riss. Ich habe den Kleinen getröstet, gesagt, es täte mir leid. Ich bin nach unten in die Lobby gegangen, und hab Zigaretten gezogen. Es hätt nicht viel gefehlt, und ich hätte mein Kleingeld in den Kondomautomaten gesteckt, ich war so durcheinander. Als ich dann auf dem Zimmer zurück war und mich mit der Zigarette aus dem Fenster lehnte, sah ich, wie der Kleine mich anguckte, mit so einem Kuhblick. Es würde nie wieder gut zwischen uns werden, das spürte ich. Was ich eben getan hatte, würde er nie mehr vergessen, im Leben nicht. Und ich wusste, er würde in der Nacht nicht mehr schlafen, er würde versuchen, wach zu bleiben, weil er mir nicht mehr traute. Und während er mich so ansah und ich dastand und rauchte, musste ich an meinen Vater denken. Der rauchte auch immer eine, wenn er in mir gekommen war. Und dann sah ich ihn an, wie er auf dem Rücken lag und den Rauch genüsslich an die Decke blies. Rauchen ist eine Art Seufzen. Ich war zwölf, als ich mit dem Rauchen anfing, und meine ersten Zigaretten qualmte ich wie mein Vater, ich blies den Rauch genauso aus wie er. Wäre unser Dominique am Leben geblieben, hätte er auch angefangen zu rauchen.

Forensische Psychiatrie, so heißt viel zu hübsch das Fach, in dem die Gedanken von Mördern und anderen Kriminellen auseinandergenommen werden. Hat mit Forellen und anderem Getier leider nichts zu tun, obwohl auch Meeresforellen heimatlos sind, diadrome Fische. Heimatlos wie manche Menschen.

Sarah Smeekens, die Soziopathin. Eine Untersuchungsperson mit bizarrem und randständigem Verhalten, wir schreiben nur ab, was wir in den Gerichtsakten finden. Bezieht die unterschiedlichsten Informationen aus der Umwelt auf sich, leidet unter sozialen Angststörungen, verzerrten Wahrnehmungen der Realität und Anfällen von magischem Denken. Begrenztes Vermögen zum Ausdrücken von Gefühlen. Defizitäres Sprachverhalten und auffälliges Misstrauen. Sie hat alles Mögliche, und sie hat nichts. Und ihr Herz hat sie sogar unwiderruflich samt Klappen und Pumpen, Kammern und allen Gefäßen mit einem ähnlich strukturierten Asozialen verbunden, Stefaan Cools, der auch alles Mögliche hat: Arbeitsunwillen, mangelnde Fähigkeit, sich in die Gesellschaft einzufügen, irrationales Risikoverhalten, fehlendes Verantwortungsbewusstsein ihm anvertrauten Personen gegenüber, grundlose Reizbarkeit und Aggression.

STEFAAN:

Was sollten wir machen? Alle Eltern wollen das Beste für ihr Kind. Wenn meine Mutter mir früher ins Gesicht schlug, sagte sie hinterher immer: Das ist, weil ich dich liebhab. Ich sag's noch mal: Alle Eltern wollen das Beste für ihr Kind. Unsere Wohnung war ein einziges Chaos, völlig versifft, Saubermachen war schon lang nicht mehr drin. Wir waren auf Drogen; manchmal standen wir stoned vor der Schule, um unseren Kleinen abzuholen. Einmal war es so schlimm, dass wir fast mit dem Falschen nach Haus gegangen wären. Richtiges Spielzeug haben wir ihm nie gekauft, weil wir mit dem Geld nicht auskamen und nie genug da war. Für böse Kinder kommt der Weihnachtsmann nicht, sagten wir zu ihm. Alle Eltern wollen das Beste für ihre Kinder. Oder etwa nicht? Lang hätte es nicht mehr gedauert. Ein Jahr, höchstens zwei, schätzte ich, dann hätten die Behörden gerochen, dass bei uns was nicht stimmte. Das Jugendamt hätte sich eingemischt und unsere Kleinen in ein Erziehungsheim gesteckt. Zu ihrem Besten natürlich. Na, mich haben sie seinerzeit auch in ein Heim gesteckt, auch zu meinem Besten, und rausgekommen bin ich mit einem Strafregister von hier bis Timbuktu. Hat mir wahnsinnig geholfen, bravo! Ich wusste nicht viel, aber eins wusste ich: Meine Kinder würden sie nicht in ein

Heim stecken. Nur über meine Leiche. Also, was sollten wir tun? Wir haben unsere Kinder kaputtgemacht. Zu ihrem eigenen Besten.

Die Originalausgabe erschien 2014 unter dem Titel
Kaddisj voor een kut bei Atlas Contact, Amsterdam/Antwerpen.

MIX
Papier aus verantwortungsvollen Quellen
FSC® C014889

Verlagsgruppe Random House FSC® N001967

1. Auflage

Neumarkter Straße 28, 81673 München
Satz: Greiner & Reichel, Köln
Druck und Einband: Friedrich Pustet, Regensburg
Printed in Germany
ISBN 978-3-630-87479-1

www.luchterhand-literaturverlag.de
Bitte besuchen Sie auch unseren LiteraturBlog
www.transatlantik.de
facebook.com/luchterhandverlag
twitter.com/LuchterhandLit